보노보노의 인생상담

옮긴이 김신회

에세이스트. 대학에서 일어일문학과 상담심리학을 전공했다. 그 덕에 일본 문학 및 문화, 사람의 마음을 들여다보는 일에 관심이 많다. 보노보노가 좋아서 『보노보노처럼 살다니 다행이야』를 썼고 이 책까지 번역하게 되었으니, 어느덧 보노보노를 친구를 넘어 가족처럼 여기며 살고 있다. 보노보노만큼이나 겁 많고, 포로리처럼 고집이 세고, 너부리인 양 자주 직언을 하는 사람. 전반적인 성격은 너부리에 가깝다는 것을 자각하고 가끔 반성하면서 지낸다.

 『보노보노의 인생상담』에 대하여

『보노보노의 인생상담』은 2013년 9월부터 12월까지 보노보노 공식 웹사이트 보노넷에서 모집한 고민과 답변을 토대로 집필되었습니다. 그중에서 비교적 부담스럽지 않은 50가지 상담을 뽑아 1년 동안 보노보노나 포로리 같은 숲속 동물들이 열심히 답변한 내용을 이 책에 담았습니다. 익명으로 기재된 내담자의 나이, 직업 등은 당시의 것들을 그대로 사용했습니다.

보노보노의
인생상담

ぼ の ぼ の 人 生 相 談

이가라시 미키오 지음 | 김신회 옮김

놀

보노보노
주인공 아기 해달입니다. 느긋한 성격입니다.
이런 녀석이 인생상담을 할 수나 있을까요?

너부리
남을 괴롭히는 아이지만 다방면에 걸쳐 인생
경험이 풍부합니다. 아버지와는 사이가 좋은
건지 나쁜 건지 모르겠습니다.

너부리 아빠
너부리의 아빠입니다. 거칠고 난폭한 성격에
이런저런 것들을 죄다 증오하며 독설을 날립
니다.

보노보노 아빠
보노보노의 아빠는 뜸 들이는 독특한 대화법
을 구사합니다. 사는 법도 독특합니다.

포로리

보노보노의 가장 친한 친구입니다. 여장 남자
같은 말투지만 수컷입니다. 부모님의 병간호를
하고 있어서인지 가끔 속 깊은 말을 던집니다.

야옹이 형

야옹이 형은 수수께끼 같은 존재입니다.
뭐든 알고 그러면서도 아무것도 모르는 척을
합니다.

울버와 린

아빠인 울버는 지식왕에다 비겁한 성격입니다.
아들인 린은 그런 아빠를 좋아하는 똥싸개입
니다.

포로리 아빠

시들어가고 있습니다. 달관한 성격에 많은 것
들을 단념한 눈치입니다. 그럼에도 계속 살아
갑니다.

되고 싶은 걸
어떻게 찾으면 될까요?

○
○

좀 있으면 취업을 해야 할 시기인데요. 되고 싶은 게 딱히 없습니다.
제 취미는 텔레비전 보기와 음악 감상인데 취미와 직업이 같아서는 안
된다고 생각해요. 취미마저 싫어질 것 같거든요.
하고 싶은 것, 되고 싶은 것을 어떻게 찾으면 될까요? 조언 부탁드려요.

Answer

취미와 직업이
같으면 안 되는 거야?

○
○

포로리야. 취업이 뭐야?

몰라. 일 아닐까?

일이구나. 취미랑 일이 같으면 안 되는 거야?

일이 되면 매일 해야 되기 때문에 그런 게 아닐까?

매일은 싫은가.

좋아하는 거라면 매일 해도 괜찮지. 하지만 하기 싫은 날도 있을 거 아냐.

그렇구나.

하기 싫은데 해야 할 때도 있을 거고.

예를 들면?

일은 추운 날에도, 더운 날에도 해야 하는걸.

그 정도는 참을 수 있지 않나?

일이라면 싫은 사람한테도 아부하고 그래야 되고.

나라면 할 텐데.

참고?

응.

왜 참아?

왜냐니…… 참을 수 있으니까 참지.

보노보노는 대단하네. 참는 걸 참을 수 있으니까 참는구나.

근데 다들 그러잖아.

보노보노, 지금 참고 있어?

응.

뭘 참는데?

그게 말이지. 맛있는 거 먹고 싶은데 참고 있어.

지금 진짜 맛있는 게 먹고 싶어?

먹고 싶어! 먹고 싶은데 참고 있는 거야.

얼마나 먹고 싶은데?

엄청! 엄청 먹고 싶다구!

먹으러 가면 되잖아.

아냐. 조금만 기다리면 먹을 수 있으니까 참는 거야.

그렇구나. 아, 그리고 이 사람 취미가 텔레비전 보기랑
음악 듣기라고 했지?

텔레비전이 뭔데?

분명 재미있는 걸 거야.

어떤 재미있는 거?

멋진 풍경을 볼 수 있다거나.

우와.

좋은 냄새가 난다거나.

우와.

어디든 갈 수 있다거나.

우왓!

보고 싶은 사람을 만날 수 있다거나. 먹고 싶은 걸 먹을 수
있다거나.

텔레비전은 굉장하네!

하지만 분명 소리는 안 들릴 거야.

왜?

왜냐하면 텔레비전이랑 음악이 따로 써 있잖아.

아, 맞네. 텔레비전은 보기만 하는 거구나.

응. 잘은 모르겠지만.

그런데 이 사람한테는 취미가 있네.

응. 텔레비전을 보거나 음악을 듣는대.

그럼 된 거 아냐?

맞아 맞아. 되고 싶은 거나 하고 싶은 것 따위 딱히 필요 없지.

응. 나도 되고 싶은 게 없거든.

포로리도 없어.

되고 싶은 게 있는 사람은 어떻게 그렇게 될 수 있을까를 고민하겠지만, 되고 싶은 게 없다면 고민 같은 거 안 해도 되는 거 아닌가.

그러게. 되고 싶은 게 있는 사람이 대단한 것도 아니고.

되고 싶은 게 있는 사람이 더 멋있는 걸까?

그럼 우리들은 안 멋있어?

안 멋있다고 해도 뭐.

맞아. 아무도 그런 말 안 했어.

응응. 아무도 그런 말 안 했어. 그러니까 괜찮지 않아? 되고 싶은 게 없어도 말야.

맞아 맞아.

그나저나, 나 텔레비전이라는 거 보고 싶어.

포로리도.

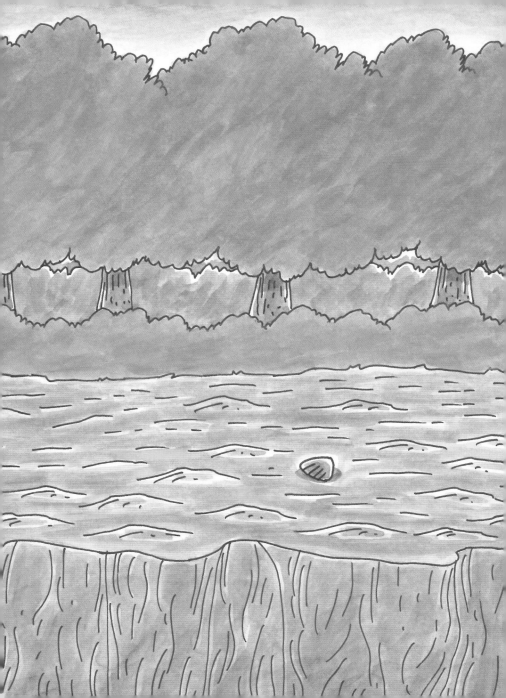

인생을

땡땡이치고 싶어요.

o
o

직업이나 인간관계에 성공하면 왠지 지루할 것 같다는 생각이 들어서
한번쯤 인생을 땡땡이치고 싶어집니다. 어떻게 하면 좋을까요?

Answer

누가 그렇게
열심히 하라고 하는 걸까?

o
o

😊 나도 이런 적 있어.

🐭 있어 있어. 다들 있지. 포로리는 할아버지 댁에 심부름 갔다
오고 나면 왠지 아무것도 하고 싶지가 않아.

😊 맞아 맞아. 나도 그런 적 있어. 아빠랑 어디 나갔다 돌아오면
그냥 드러누워버려.

🐭 안심되니까.

응응. 그럴 땐 땡땡이쳐도 되는 거 아닌가? 물론 아빠는 돌아오자마자 금방 먹을 거 구하러 가시지만.

어른이라서 그런가?

그럼, 아이는 땡땡이쳐도 돼?

어른도 땡땡이쳐. 우리 누나는 애랑 산책하고 집에 와서는 널브러져서 아무것도 안 하는걸.

하긴 야옹이 형도 전에 태풍 때문에 나무들이 쓰러져서 강이 막혔을 때 그 나무 다 치우고는 닷새 정도 잤어.

자도 너무 잤네. 하지만 다들 그러지 않아?

맞아.

누가 그렇게 열심히 하라고 하는 걸까?

누가?

으흠…….

부모님하고 친구들이?

분명 자기 자신일걸.

앗. 그런가. 역시 이 사람은 부지런한 사람이구나.

맞아 맞아. 남들이 그런 말하면 욱하게 되지만 자기 자신이 그런 말을 하면 신경 쓰이지. 왠지 나쁜 짓 하는 것 같아서.

왜? 왜 그럴까?

다들 남들이 하는 말보다 자기가 하는 말을 잘 듣거든.

무슨 말인지 너무 잘 알겠네. 포로리도 비버 도리도리라는 애 알지?

아, 도리도리!

도리도리는 툭하면 울잖아.

응응.

도리도리가 조금 더 컸을 때 모르는 애들한테 괴롭힘을 당했어. 근데 그 전까지는 툭하면 울었는데, 그때만큼은 '울면 안 돼'라는 목소리가 들리더래. 그 말을 누가 한 건지 생각해봤더니 바로 또 다른 자신이 한 말이었다는 거야. 그 순간, 왠지 자기를 토닥여주는 친구가 생긴 느낌이더래. 하지만 다시 괴롭힘 당했을 때, 또 하나의 자신이 '울면 안 돼'라고 말했는데도 자기도 모르게 눈물이 났고, 그게 억울해서 더 많이 울었댔어.

또 하나의 자신이 한 말을 지키지 못해서.

응.

그거 되게 슬프네.

응. 슬퍼…….

또 하나의 자신은 분명 누구보다 나를 위해줄 거야.

응응. 그 누구보다 나를 생각해주지.

이 사람도 분명 마찬가지야. '땡땡이치지 마'라고 자기 자신이 말해주는 거야. 그래서 '땡땡이치면 안 되는 거 아닌가'라는 생각을 하는 거 아냐?

그럼 어떻게 하면 될까?

땡땡이 안 치고 잘하면 또 하나의 자신이 칭찬해줄 거야.

땡땡이치면?

그래도 이해해줄 거라고 봐.

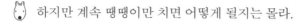

땡땡이쳐도 이해해주는구나.

하지만 계속 땡땡이만 치면 어떻게 될지는 몰라.

그럼 어떻게 되는데?

또 하나의 자신이 없어질지도 몰라.

또 하나의 자신이 없어질 때도 있어?

있을 거라고 봐. 내가 또 하나의 자신이 하는 말을 전혀
안 들을 때. 그리고 나에 대해서 생각할 여유 따위 없을 때.
나에 대해서고 뭐고 다 모르겠을 때 말이야. 바로 진짜
혼자가 돼버렸을 때지.

그런 거 싫어. 왠지 또 슬퍼졌어.

응. 포로리도.

심심할 때, 혼자 즐길 만한
　　　취미가 있을까요?

　　　　○
　　　　○

심심할 때 집에서 할 만한 취미를 좀처럼 못 찾겠어요.
조언 좀 해주세요!

Answer

취미 따위
찾아서 하는 게 아니지!

　　　○
　　　○

(•.•) 심심할 때 혼자서 할 수 있는 취미라면 많지 않아?

(ᴗ) 맞아. 바쁠 때 다 같이 할 수 있는 취미라면 별로 없겠지만.

(•.•) 아하하하. 바쁠 때 다 같이 할 수 있는 취미란 어떤 걸까?

(ᴗ) 생각해보면 있을 거야. 다 같이 백 미터 달리기를 한다거나.

(•.•) 몇 명이서?

'다 같이'니까 백 명 정도.

뭐? 백 명이 같이 달리는 거야?

맞아 맞아. '출발!' 하면 다 같이 달려.

다들 바쁘니까 50미터가 좋겠어.

그럼 30미터를 백 명이 달리는 걸로 하자. 끝나면 곧장 집에 가는 거야.

하지만 그건 취미가 아니라 운동 아닌가?

아, 그런가? 아하하하.

백 명이 다 함께 뭔가를 심어도 좋을 것 같은데.

백 명이 다 함께 씨를 뿌린다거나.

누가 뿌린 씨가 제일 먼저 싹트는지 본다든지.

싹을 보러 올 때도 백 명이 다 같이 와서 보고 나서, 곧장 집에 가는 거야. 바쁘니까. 아하하하.

재미있겠다.

재미있을까?

다 같이 모이면 재미있을 것 같아.

응. 그럴지도 모르겠네.

아, 취미하면 너부리지.

너부리는 취미가 여러 개니까.

너부리한테 가볼까?

[너부리네]

뭐? 심심할 때 혼자 할 수 있는 취미가 없냐고?

응. 뭔가 없을까?

야. 취미 같은 건 찾아서 하는 게 아냐. 자기도 모르게
빠져버리는 거야. 좋아하지도 않는 걸 해서 뭐 하게.

아! 그렇구나. 취미란 좋아해서 하는 거구나.

당연하지. 좋아하지도 않는데 하면 그저 배우기지.

배우기라니?

무언가를 배우는 거 말야.

나 해본 적 없어.

나는 배운 적 있지. 매듭 묶는 법.

누구한테 배웠어?

아빠한테.

와!

매듭 묶는 방법에는 여러 가지가 있어. 너희가 알고 있는 건
이렇게 한 번 묶기지?

응응.

포로리는 리본 묶기도 할 수 있어.

이거잖아.

응.

이런 건 어때? 호박 묶기.

와, 호박이 주렁주렁 달린 것 같은 매듭이네.

대단하네.

이건 어때. 흐물흐물 묶기.

엥, 그건 그냥 안 묶은 걸로 보이는데.

이런 식으로 묶는 법이 있어?

당연하지. 흐물흐물하니까 쉽게 안 풀어져.

와!

손잡이 묶기도 있다구. 봐, 손잡이가 생기잖아.
이 손잡이 부분을 어깨에 걸치면…… 자, 보라구!
걸쳐지지. 짐이 있을 때는 이렇게 묶는 거야.

매듭 묶는 법도 다양하구나. 대단하네.

맞다. 이 매듭 묶기를 취미로 하면 되겠어.

아, 그러네. 심심할 때 혼자서 할 수 있겠네.

심심할 때 혼자 매듭 묶기 같은 걸 하는 놈이 있겠냐!

할지 안 할지는 이 사람이 알아서 하겠지.

안 한다니까!

하지만 취미를 찾을 때는 배우기부터 해보는 것도
괜찮겠네.

아니! 찾아야 될 정도라면 취미 따위 없어도 돼.

무언가 좋아하는 게 있다면 그게 취미 아닐까?

좋아하는 게 없는 경우에는?

맛있는 거라도 먹어보면 어때?

또 나왔네. 보노보노 특유의 '맛있는 것 먹어라' 권법.

자, 그럼 심심할 때 혼자서 할 수 있는 취미가 있다면 하나씩
추천해보자. 나는 산책.

나도 산책.

산책.

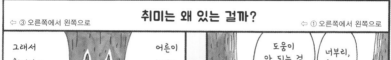

← ③ 오른쪽에서 왼쪽으로

← ① 오른쪽에서 왼쪽으로

⇓ ④ 위에서 아래로

⇓ ② 위에서 아래로

〈보노코레〉 3권 84쪽에서

좋은 사람인 양
연기하게 됩니다.

다른 사람들이 나를 어떻게 생각하는지가 신경 쓰여서 늘 좋은 사람인
양 연기하게 됩니다. '노력파다' '성실하다'라는 말을 들으면 꼭 그렇게
되어야만 할 것 같아서 진짜 내 모습이 뭔지도 모르겠어요.
솔직히 일에 관련된 사람들 말고는 다른 사람들과 어울리는 게 귀찮습
니다. 어쩜 좋죠?

다들 항상 조금씩 무리하면서
남들하고 어울리는 거야.

😊 좋은 사람인 양 연기한대.

🐿 괜찮아. 다들 좋은 사람인 양 연기하니까.

😊 연기하다니?

🐿 실제로는 그렇지 않은데 그런 척한다고나 할까.

😊 거짓말을 하는 거야?

이 사람, 거짓말한다는 생각 때문에 곤란한 것 같아.
하지만 그런 건 거짓말이 아니라고 보는데. 누군가를 칭찬할
때 살짝 거짓말하는 것 같은 기분이랑 똑같은 거야.

응? 무리해서 칭찬하는 거야?

조금 무리를 해야 칭찬할 수 있어.

그런가.

그럼. 보노보노, 포로리를 칭찬해봐.

음…… 그게 말야…… 포로리는 대단해.

봐. 무리하잖아.

그렇지만 갑자기 하라고 하니까…….

그럼 한번 더 칭찬해봐.

있지…… 포로리는 혼자서 사니까 대단해.

으흠.

앗, 그리고 아빠랑 엄마를 돌봐드리니까 대단해.

거봐. 역시 좀 무리하고 있네.

그런 건가.

칭찬할 때뿐만 아니라 다들 항상 조금씩 무리하면서
남들하고 어울리는 거야.

무리 안 하는 사람은 없어?

없다고 봐.

너부리는?

[너부리네]

시끄러, 니들. 뭐 하러 왔어.

이 사람이 곤란해하고 있어.

뭐? '다른 사람들이 나를 어떻게 볼지 신경 쓰여서 좋은 사람인 양 연기하게 돼요?'

그래서 포로리는 '다들 항상 조금씩 무리하고 있어'라고 말했는데…….

근데 왜 나한테 온 거야?

너부리도 조금 무리해?

당연하지. 무리 안 하면 진즉에 니들 쥐어 팼지. 이렇게 이야기하는 것도 무리해서 하는 거라구.

거봐. 너부리도 무리하잖아.

하지만 말야. 여기 '진짜 내 모습을 모르겠어요'라고 써 있지? 이건 좀 아니라고 봐. 진짜 내 모습을 모르는 녀석 따위 없어.

그럼 진짜 너부리는 어떤데?

진짜 나는 항상 벌벌 떨고 끙끙대면서 고민만 하지.

뭐어?

뭐라구우??

뭘 그리 놀라는 거야!

아니, 그런 너부리를 본 적이 없으니까.

그런 모습을 보이겠냐? 평소에 나는 난폭한 녀석을 연기하고 있는 거라구.

에이, 진짜 난폭한 것 같은데.

시끄러, 인마! 그러니까 진짜 내 모습을 보여줄 수 있다면
보여주면 될 거 아냐. 하지만 아무도 진짜 내 모습 같은 건
못 보여줘. 무서우니까.

그렇구나. 진짜 내 모습은 멍청이인 데다 겁쟁이니까.
남들한테는 보여주기가 그리 쉽지 않겠네.

넌 다 보여주고 있거든? 네가 멍청이인 데다 겁쟁이라는 거
다들 알고 있다구!

아하하하하하.

뭐가 좋다고 웃어!

그럼, 어떡하지?

진짜 내 모습을 보여주기 싫으면 하던 대로 하면 돼. 일단
'진짜 내 모습'이라는 게 그렇게 대단한 거냐? 아니잖아?

당연히 '노력파'나 '성실한 사람'이라는 말을 듣는 게
'난봉꾼'보다는 나을지도 모르지.

사사건건 짜증 난다, 너! 그럼 네 진짜 모습을 말해볼까?
포로리, 너는 말야. 약한 사람을 괴롭히고 배배 꼬인 데다가
죽을 때까지 꽁한 놈이야.

나 원 참! 맞는 말씀이십니다아아아!

응? 인정하는 거야?

인정해.

어째서?

그게 편하니까.

그래. 진짜 너를 아는 놈들하고 있으면 맘이 편하지.

어차피 다 들킨 거, 마음이 후련해.

그런가. 다 들키는 게 친구지.

반면 다 들켜서 열받는 게 가족이지. 엇, 아빠.

어? 뭐야, 너희들. 남의 집에서 어슬렁대고 말이야.
비켜, 걸리적거려. 집에 못 들어가겠잖아.

아빠. 아빠도 왠지 무리할 때 있어?

무리하다니, 뭘?

이거 읽어봐.

뭐야, 이게……? '좋은 사람인 양 연기하게 돼요?' 내가 착한
척 연기하는 줄 아냐?

아니…… 아빤 연기 안 해. 연기 안 하지. 암…….

난 말이다. 좋은 사람인 양 연기하는 사람도 싫지만 남한테
노력파라는 둥 성실하다는 둥 떠들어대는 사람이 더 싫어.
하지만 말야. 뭐가 제일 싫으냐면, 다른 사람들하고
어울리는 게 제일 좋다며 설치는 사람이야아아아! (퍽!)

아아아앗! 왜 날 때려!

네가 제일 가까이 있으니까!

엉망진창이네!

그럼 이 사람은 이대로 괜찮은 걸까?

이대로 괜찮다고 생각하면 괜찮은 거지. 이대로는
안 되겠다 싶으면 자기를 드러내야 해.

그런 게 가능할 리가 없잖아.

자기를 드러내는 건 좋아. 나를 미워하는 녀석들하고 더는

안 만나도 되니까.

아휴 참, 그런 게 가능한 건 아빠밖에 없다고.

아니, 또 있지.

응? 누군데?

너네 엄마.

앗…….

너네 엄마가 그래. 좋은 아내나 좋은 엄마로 사는 거 때려 치웠지.

너부리네 엄마는 여행 가셨잖아요.

내가 봤을 땐 가출이야.

아빠는 엄마를 뭘로 보는 거야?

어쩔 수 없잖아.

어쩔 수 없다고……?

어쩔 수 없다고. 그래서 자신을 드러내고 사는 게 좋으면 그렇게 살면 돼. 의외로 다들 '어쩔 수 없네'라고 생각할지도 몰라.

말은 쉬울지 몰라도, 다들 그렇게 살고 싶어도 못 살아.

그럼 이제껏 그랬던 것처럼 다른 사람들이 어떻게 생각하는지 신경 쓰고 살면 되는 거야. 뭐든 고르면 돼. 뭘 고르든 그게 정답인 건 아니지만.

뭐? 자기답게 사는 게 딱히 정답인 것도 아니에요?

대체 누구야? 자기답게 사는 게 정답이라고 말한 녀석이.

포로리는 지금 이대로가 좋아.

'지금 이대로'라니?

조금 거짓말하면서 사는 거.

그럼 진짜 나를 숨기면서 사는 것도 괜찮은 거네.

숨길 때도 있고 안 숨길 때도 있다고 봐.

맞아. 영원히 숨기기만 하는 게 아냐.

혼자 있으면 완전 다 공개하지.

누구나 반드시 혼자가 되기 마련이고.

너희들은 제일 안심될 때가 언제야?

음, 그게…… 늘 먹던 걸 먹을 때려나?

귀 팔 때.

나는 철퍼덕 앉을 때.

나는 말이다. '자, 자볼까' 하고 눈 감을 때.

아.

응응.

그런가.

그 시간이 좋아.

좋지.

진짜로.

응.

어떻게 하면
    자신감이 생길까요?

        ○
        ○

저는 커서 연극배우가 되고 싶은데 자신감이 없어요.
어떻게 하면 스스로 자신감이 생길까요?

Answer

자신감이 있어서 하는 녀석은
교활해.

        ○
        ○

포로리야. 연극배우가 뭐야?

잘은 모르지만, 이 사람은 뭔가가 되고 싶은 거야.

근데 자신감이 없다고 하네.

어떻게 하면 자신감이 생기냐고 써 있어.

나도 자신감 같은 건 없는데, 연극배우는 자신감이 없으면 안 되는 걸까?

'당신은 얼마나 자신 있습니까?'라고 물어보나봐.

그럼 '자신 있습니다'라고 하면 되는 거 아냐?

'진짜입니까?'라고 물어보면?

으흠. 이 사람은 거짓말을 못 하나보네.

상담하러 오는 사람들은 다 착실하구나.

진짜 그런가봐.

분명 착실하니까 고민도 하는 거야.

그렇구나.

왜냐하면 오소리한테는 고민 같은 거 없을 것 같거든.

그럴까? 오소리한테도 뭔가 고민이 있을 것 같은데?

그럼 오소리한테 가볼래?

어떻게 하면 자신감이 생기는지 오소리한테도 물어볼까?

아니. 오소리는 그런 거 모른다고 봐.

어째서?

아마 이제껏 그런 거 한 번도 생각해본 적 없을 테니까.

뭐? 진짜? 그게 사실이라면 오소리 왠지 대단하네.
잠깐 가보자.

[오소리네]

오소리야.

응? 뭐야, 보노보노.

오소리한테 잠깐 물어보고 싶은 게 있어서.

나 바쁘거든. 나중에 물어봐.

잠깐잠깐! 오소리, 어떻게 하면 자신감이 생기는 걸까?

뭐? 자신감? 모르지.

오소리는 자신감 같은 거 있어?

있지. 재주넘기라면 언제든 할 수 있어. 재주넘기하는 거
볼래?

아니. 됐거든.

봐. 잘 보라고. 이렇게 하는 거야. (휘리릭~)

안 해도 된다고 했잖아!

오소리는 재주넘기에 실패해서 자신 없어진 적 없어?

실패하면 한 번 더 하면 되지.

또 실패하면?

또 하면 돼.

그래도 실패하면?

또 하는 거야.

그래도 그래도 실패하면?

또 할 거야.

역시 또 실패하면?

관둘 거야.

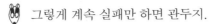 뭐? 관둘 거라구?

그렇게 계속 실패만 하면 관두지.

와, 그렇구나. 보노보노! 실패하면 관두면 되니까 해보면 돼.

자신감은 없어도 될까?

자신감이 있어도 실패할 때는 실패한다고 봐.

아, 그런가. 그럼 해보면 되겠네.

응. 실패하면 관두면 되는걸.

하지만 실패하면 더 자신감이 없어질지도 몰라.

하지만 잘하면 자신감이 생겨.

그렇지.

뭔가를 하는 거랑 자신감이 생기는 거는, 닭이 먼저냐 달걀이 먼저냐랑 비슷해. 뭐가 먼저인지 모르는걸.

뭔가를 하는 게 먼저지.

응?

그렇구나. 뭔가를 해서 잘되면 자신감이 생기니까, 역시 뭔가를 하는 게 먼저구나.

아니야. 그냥 하면 돼.

하면 돼?

하고 싶으면 하면 되지.

그건 그렇지만…….

이 녀석…… 하고 싶은 거야, 안 하고 싶은 거야?

그야 하고 싶은 거지, 연극배우를.

진짜야? 별로 하고 싶지 않은 거 아냐?

그런 거 아냐. 하고 싶은 거라고 봐.

실은 하고 싶지 않은 거지?

하고 싶다고 여기 써 있는데!

그럼, 하고 싶은 마음이 모자란 거야.

모자라다니…….

모자란 걸까…….

그래. 하고 싶은 마음이 더 차오르면 해.

자신감 같은 게 아니라?

자신감하고는 상관없어?

자신감이 있어서 하는 녀석은 교활해.

뭐? 자신감이 있어서 하는 녀석은 교활하다구?

교활하지.

딱히 교활한 건 아니지 않나?

그럼 안 교활해.

왜 금세 의견을 바꾸는 거야!!

역시 하고 싶은 마음이 중요한 것 아닐까?

하고 싶어서 하니까 재미있는 거잖아.

응. 맞아.

자신감이 있어서 하더라도 재미는 없잖아.

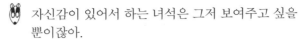 응응.

자신감이 있어서 하는 녀석은 그저 보여주고 싶을 뿐이잖아.

아, 그럴지도 모르겠네.

진짜 그러네.

역시, 하고 싶으면 하면 돼.

그리고 실패하면?

관두면 돼.

응응. 잘되면 자신감이 생길 테고.

맞아.

어쩐지 엄청 단순한 이야기를 하는 것 같네.

그걸로 된 거 아닐까. 맞다 맞다, 오소리도 고민 같은 거 있어?

있어.

어떤 고민?

요즘 귓구멍에서 냄새가 나.

잘 씻으면 되지!

씻어도 냄새나면?

더 꼼꼼히 씻어야지!

그래도 냄새나면?

더 씻어!

그래도 그래도 냄새가 나면?

때려치워.

계속 냄새나도 괜찮아?

괜찮으냐니. 어쩔 수 없잖아.

그러게. 어쩔 수가 없지.

왜 다들 어떻게든 하려고만 할까?

안 그러면 '어쩔 수 없어'가 점점 쌓이니까.

포로리는 '어쩔 수 없어'가 엄청 쌓여 있어.

그 '어쩔 수 없어'는 어떻게 할 거야?

살다보면 '어쩔 수 없어'는 쌓이기 마련이야.

그렇구나. 살아 있는 한 '어쩔 수 없어'는 계속 쌓이는 거구나. 아, 오소리가 없어졌다!

아이참. 오소리만큼은 알 수가 없다니까.

어쩔 수 없네.

" 하고 싶은 마음이 더 차오르면 해. "

혼자 있을 때보다 다른 사람들과 함께 있을 때
　　더 외로운 이유는 뭘까요?

○
○

늘 외롭다고 생각하면서도, 누군가를 만나면 혼자 있을 때보다 외로워지는
건 왜일까요?

Answer

외로운 게
당연한 거야.

○
○

이 사람, 항상 외롭다고 하네.

밥 먹을 때도?

혼자 밥 먹다보면 외로울 때가 있지.

보노보노는 그럴 때 어떻게 해?

아무것도 안 해.

아무것도 안 한다구?

응. '나 외로운 걸까?'라는 생각을 하긴 해도.

생각은 해도 아무것도 안 한다니.

왜냐하면 그렇게 외롭지 않은걸.

그러게. 그렇게 줄줄 외로울 때는 늘 있기 마련이지.

있지 있지. 난 있잖아, 하늘이나 바다를 보고 있으면 주르륵 외로워져.

주르륵?

아, 찰랑찰랑인가?

찰랑찰랑 외롭대! 아하하하하.

하지만 그럴 때 누군가의 집에 꼭 놀러가게 돼.

맞아 맞아. 그리고 누군가를 만나러 가기도 해. 그래서 그런 '찰랑찰랑한 외로움'은 필요한 거야.

응응. 필요해.

야옹이 형은 찰랑찰랑한 외로움 같은 거 안 느낄지도 모르겠지만.

아아, 그렇구나. 그래서 야옹이 형은 혼자여도 괜찮은 걸까?

앗, 보노보노가 '야옹이 형네 집에 가보자'라고 말할 것 같아.

응, 그러게. 야옹이 형한테 가볼까?

…….

[야옹이 형네]

🦭 야옹이 형. 저예요, 보노보노예요.

🐺 응? 무슨 일인데?

🦭 상담하고 싶은 사람이 있거든요. 이거요.

🐺 뭐? '누군가를 만나도 혼자일 때보다 외로워지는 이유는
뭘까요?' 그건 당연한 거지. 혼자 있을 때 외로운 건
정상이지만 누군가와 함께 있을 때 외로우면 이상하게
느껴지니까.

🦭 으흠…….

🐺 추운 데서 춥다고 느끼는 건 당연하지만 따뜻한 데서
춥다고 느끼면, 좀 이상한 것 같지?

🦭 네네.

🐺 하지만 실은, 혼자 있을 때나 누군가와 함께 있을 때나
똑같이 외로워.

🦭 그렇구나. 똑같은 거구나.

🐺 그럼, 나는 이제 강에 가볼게.

🦭 우리도 같이 가도 돼요?

🐺 안 된다고 하면?

🦭 포로리, 그래도 우린 갈 거지?

🐰 응.

🐺 …….

🦭 강에 뭐 하러 가요?

🐱 딱히 뭘 하러 가는 건 아냐.

🦭 강 보러 가요?

🐱 뭐, 그런 셈이지.

🦭 야옹이 형, 강을 보고 있으면 어쩐지 찰랑찰랑 외로워지지 않아요?

🐱 찰랑찰랑?

🦭 찰랑찰랑은 예로 든 거예요.

🐱 무슨 예가 그래.

🦭 야옹이 형은 외로울 때 없나요?

🐱 있지.

🐰 그럴 땐 어떻게 해요?

🐱 아무것도 안 해.

🦭 아무것도 안 해요?

🐱 외로운 건 당연한 거잖아.

🦭 당연한 건가.

🐱 지금은 어때? 외로워?

🦭 지금은…… 외롭지 않아요.

🐱 그렇군.

[강이 보인다]

어때? 외로워졌어?

왜요? 안 외로워요.

그렇군.

강은 좋네요. 포로리는 헤엄 못 쳐도 강이 좋아요.

야옹이 형은 왜 강이 좋아요?

그야 물고기가 있으니까.

또요?

물이 흘러가니까. 여러 가지 것들이 흘러오기도 하고.

그렇구나. 여러 가지 것들이 흘러오는 게 좋구나.

아니, 여러 가지 것들이 흘러오는 걸 좋아하다니 왠지 이상하군.

왜요?

흘러오는 거라면 뭐든 다 좋아하는 것처럼 들리니까.

아하하하. 흘러오는 것들에 홀딱 빠진 것처럼.

이상한가.

뭐, 상관없어. 어때? 외로워졌어?

안 외로워요. 즐거워요.

포로리도요.

[강가에 앉는다]

강물 소리도 좋네.

응. 조록조록 같은 소리.

졸졸 아니야?

촙촙이랄까.

참방참방 아니야?

응…… 앗, 지금 왠지 외로워졌어.

그래? 그렇구나.

응? 왜 외로워졌어?

포로리랑 나랑 하는 말이 달라서일까. 왜 내 말뜻을
몰라주는 거지 싶어서.

뭐? 그런 걸로 외로워졌어? 그럼 괜찮아. 강물 소리는
촙촙이라고 하지 뭐.

아니, 억지로 그렇게 생각 안 해도 돼. 나 역시 참방참방으로
들릴 때가 있으니까.

……왠지 포로리도 외로워졌어.

그래? 왜?

싸우는 것 같아서.

포로리야. 싸우는 거 아니야. 조금 다르다고 말한 것뿐이야.
나 더 외로워졌어…….

이거 봐. 금방 외로워진다니까.

응. 그래져요.

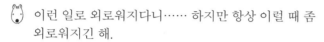
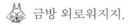

이런 일로 외로워지다니…… 하지만 항상 이럴 때 좀 외로워지긴 해.

금방 외로워지지.

다들 그래요?

야옹이 형도요?

그럼. 그거 말고도 외로울 때가 있지. 혼자 걷고 있을 때. 아름다운 것을 봤을 때. 잘 때. 아플 때. 뭔가 생각날 때. 집에 돌아갈 때. 항상 외로워.

그런데 아무것도 안 해요?

안 해.

왜요?

왜냐하면 외로운 게 당연하기 때문이야. 다들 항상 뭔가를 느끼기 마련이지. 지루함이나 짜증이나. 어쩐지 시시하다거나. 오늘은 조금 기분이 좋다거나. 외로움도 그런 거랑 똑같은 거야.

그러게. 열중해 있을 때 말고는 항상 뭔가 느끼는 것 같아.

응. 뭔가를 느끼는 건 좋은 거지.

응? 외로움 같은 것도요?

그래.

짜증 나는 것도요?

응. 바람이 부는 것 같은 거야.

아. 약한 바람이나 강한 바람 같은 거예요?

그렇구나. 바람은 항상 부니까.

안 불 때도 있지만.

바람이 안 불 때는 왠지 시시하잖아.

응. 시시해요.

조금이라도 좋으니까 바람이 부는 게 좋아. 냄새도 맡을 수 있고.

그래. 냄새가 안 나는 것만큼 시시한 게 또 없지.
마치 흐르지 않는 강물 같다고나 할까.

그렇구나. 강은 흐르지 않으면 시시하지.

흐르니까 보고 있으면 재미있는 거야.

그럼 이제 외로운 건 괜찮은 거네.

외로워도 강은 흐르는 법이야.

응.

괴로워도 강은 흐르는 법이야.

응.

행복하면요?

행복해도 강은 흐르는 법이야.

혼자 있을 때의 도리도리

〈보노코레〉 3권 64쪽에서

마음에 여유가 생기면
갑자기 막 외로워지곤 해요.

。
。

안녕하세요. 저는 이제껏 아무에게도 말하지 못했던 것에 대해 상담하고 싶습니다. 저는 네 살짜리 아들이 있는 싱글맘입니다. 남편과는 임신 중이었을 때부터 별거를 해서 아들이 한 살일 때 정식으로 이혼했어요(남편의 외도가 원인이에요). 그 후론 육아와 일에만 전념했어요. 가족의 도움 덕분에 아들은 참 순수하고 상냥한 아이로 컸지요. 진심으로 감사한 마음이에요.

그런데 요즘 고민이 있습니다. 최근 여러 문제들이 겨우 일단락되고 마음에 여유가 생겨서인지 무턱대고 외로워지곤 해요. 이혼 후 일절 남자를 만나지 않았지만 그런 삶에 만족하며 살아왔습니다. 이혼한 데다가 무엇보다 저는 애 엄마니까요.

하지만 한 번뿐인 인생인데 여자로서가 아닌 평생 엄마로서 살아가는 게 괜찮은 걸까, 하는 생각을 하게 됐어요. 하지만 막상 남자를 만난다 해도 제 아들은 어린 마음에 혼란스럽겠지요. 남자 쪽 부모님도 분명 섭섭해하실 테고요. 저 역시 아들을 둔 싱글맘이니 그 기분을 잘 알겠어요. 아무리 생각해봐도 답을 모르겠습니다. 누군가 슬퍼하는 결말밖에 떠오르지 않거든요.

선생님, 보노보노, 그리고 친구들. 이런 상담해서 죄송해요. 하지만 답을 준다면 기쁠 것 같습니다.

Answer

아. 다들 찬성하는 연애?

。
。

왠지 어렵네.

응. 무척 어려워.

우리 둘은 잘 모르니까 누구한테 물어보러 갈까?

음. 잠깐 잠깐. 항상 누구한테 물어보면 스스로 생각할 수 없게 돼버려. 잠깐이라도 둘이서 생각해보자.

포로리야. 싱글맘이 뭐야?

아빠 없이 엄마 혼자인 거야.

아하. 우리 집은 아빠밖에 없는데. 그럼 이혼은 뭔데?

이혼이란 부부가 헤어져버리는 거야.

그렇구나. 그건 쓸쓸하네.

그래도 아이는 상냥한 아이로 컸다고 하네.

와아, 다행이다. 어머니가 대단하시네. 그럼 된 거 아냐?

하지만 아이가 커서 마음에 여유가 생기니까 외로울 때가 있다고 써 있어.

어째서?

결국 사랑이 하고 싶은 게 아닐까?

계속 사랑을 못 해서 손해 보는 기분이 드는 걸까?

그럴지도 모르지.

으흠. 우리는 사랑을 모르는데.

보노보노는 사랑을 별로 안 좋아하지 않았어?

응. 나는 사랑 같은 거 별로 하고 싶지 않아.

왜?

사랑은 독차지하는 거니까.

아아, 그렇구나. 모두들 독차지하고 싶어 하지.
그런데 독차지하지 않는 사랑이란 게 있어?

잘은 몰라도 있을 것 같아. 하지만 포로리도 사랑 같은 거 안 하는 거 아니었어?

안 하지.

왜?

귀찮아서.

아, 귀찮은 거구나. 근데 뭐가 귀찮아?

언제 만나? 어디서 만나? 뭐 하고 놀아?
다음에는 언제 볼 수 있어? 우리 앞으로 어떡해?
아아아아아! 귀찮아죽겠어어어어억.

포로리야. 화내지 마.

하지만 '그런 건 알아서 해'라는 생각이 든단 말이야.

상대가 알아서 해주길 바라는 거구나.

치덕치덕 들러붙기는.

사랑이란, 치덕치덕 들러붙고 싶은 거지.

들러붙든지 말든지 맘대로 하시라고요.

으흠. 우리가 연애 상담을 하는 건 무리 아니야?

잠깐만. 근데 이 사람은 독차지하지 않는 사랑이라면
하고 싶은 거 아닐까?

응? 그래?

'그래?'라니. 아이도 반대 안 하고 부모도 반대 안 하는
사랑이라면 하고 싶은 거 아냐?

아. 모두가 찬성하는 사랑?

그래 그래 그래.

그렇지만 모두가 찬성하는 사랑이 있을까?

그러게. 누군가는 꼭 독차지하게 되고.

응. 그러면 모두가 찬성하는 게 아닌 거지.

그러니까 누군가는 꼭 반대하게 돼 있는 게 사랑이야.

역시 모두가 찬성하는 사랑은 어려운 거구나.

응. 어렵겠지……

난 있잖아. 아무한테도 말하지 않으면 독차지하지 않을 거라고 생각해.

아무한테도 말하지 않다니, 짝사랑 말하는 거야?

사랑은 자기가 좋아하는 거잖아.

응? 상대는 상관없이?

상관없는 건 아니지만, 자기가 좋아하는지 아닌지가 중요한 거 아닐까?

그럼 서로 좋아하는 건 사랑이 아니야?

그것도 사랑이지만, 단순히 양쪽이 좋아했다는 것뿐 아냐?

'단순히 양쪽이 좋아했다는 것뿐'이라니, 어쩐지 대단하네.

아하하하하.

왜 웃는 거야?

그렇지만 양쪽이 좋아하면 독차지하게 되잖아.

으흠. 응.

자기 혼자 좋아하면 사랑은 자유라고 생각해.

'자기 혼자 좋아하면 사랑은 자유'래!! 오늘 보노보노
대단하심!!

아하하하하.

웃을 때가 아니야. 하지만 웬지 괜찮네. 자기 혼자 좋아하면
사랑은 자유라니.

응. 그래서 사랑은 자유인 거야.

하지만 짝사랑은 괴롭잖아.

사랑은 원래 괴로운 거 아냐?

그런가.

나, 괴롭지 않은 사랑 따위 해본 적 없는데.

응? 보노보노, 사랑을 그렇게 많이 해봤어?

나 두 번 정도 해봤어.

겨우 두 번이잖아!

포로리는?

한 번 정도.

겨우 한 번이면서!!

한 번 해봐도 충분해.

어째서?

귀찮고, 괴로우니까…….

맞아 맞아. 그 괴로움은 뭘까. 다른 데는 없는 괴로움이지.
달콤쌉쌀하달까.

뭐랑 비슷할까?

비슷한 게 있을까?

일주일 지나야 놀러갈 수 있는 오늘 같은 느낌?

사흘 후에나 먹을 수 있는 맛있는 것을 생각할 때의 느낌?

아니야.

역시 사랑의 괴로움이란 그 무엇하고도 안 비슷해.

어쩐지 그리운 게 떠올랐을 때의 느낌이랑 가깝지 않아?
가고 싶지만 더는 갈 수 없는 곳처럼.

아, 응응. 근데 조금 다른 것 같아. 역시 사랑의 괴로움은
사랑을 할 때만 느낄 수 있는 거야. 그래서 다들 사랑을 하는
거 아냐?

짝사랑이라면 해도 되는 거지.

응. 사랑은 자유니까.

하지만 짝사랑은 괴로워.

그렇지만 사랑을 안 하는 것도 괴롭다고 써 있어.

아, 그런가. 어떤 괴로움을 선택하느냐네.

그리고 짝사랑이 정말 괴로워지면 상대방한테 말하면
되는 거 아냐?

어쩌면 같은 마음일지도 모르니까.

응응.

하지만 같은 마음이라면, 모두가 찬성하는 사랑이 아니게
돼버려.

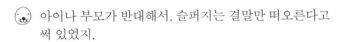 아이나 부모가 반대해서, 슬퍼지는 결말만 떠오른다고
써 있었지.

그게 문제라니까.

꼭 슬픈 결말만 있는 건 아니라고 생각해.

응. 잘될 수도 있고, 어쩐지 별로가 될 수도 있고, 언젠가는
잊어버릴지도 모르고.

결말이 슬플 것 같으면 그때 포기해도 되는 거야.

그건 그것대로 괴롭잖아.

하지만 사랑을 안 하는 것보다는 낫다고 봐.

아니, 오히려 안 하는 게 나은 거 아닌가?

으흠…….

어쩐지 이야기들이 죄다 빙글빙글 제자리를 도는 것
같네…….

난 말야, 아무리 결말이 슬퍼질 것 같아도 딱히 그렇게
슬퍼지지는 않을 거라고 생각해.

오호. 그럼 언제 슬픈 결말이 되는 건데?

결말이 슬플 거라는 생각조차 안 했을 때.

우왓. 어쩐지 대단하네!

결말이 슬퍼질 것 같다면, 정말로 슬픈 결말이 되기 전에
어떻게든 할 거라고 봐.

응응. 게다가 가장 슬픈 결말이란 슬퍼할 아이나 부모님이
있는데도 눈치 못 채는 경우 아냐? 눈치채면, 적어도 자기
혼자만 괴로워하면 되니까 역시 사랑 같은 건 해보는 게
좋을 것 같아.

그래. 해보는 게 좋아.

슬퍼질지도 모르지만.

하지만 슬퍼지지 않는 것 따위 사랑이 아니야.

사랑이 아니면 뭔데?

우정이야.

아하하하하. 우정이구나.

응. 사랑이라서 슬픈 마음이 들 것 같으면, 친구 하면 되는 거야.

하지만 그건 슬픈 마음을 숨긴 채 친구 하는 거잖아?

그러게.

그런 건 어떤 걸까?

나 그런 사람 좋아.

응. 나도 좋아.

아빠가 교통사고로
돌아가셨어요.

○
○

아빠가 교통사고로 돌아가셨어요. 너무나 갑작스러운 일이라 여전히
현실을 받아들이지 못하겠어요. 더 이상 아빠를 볼 수 없다고 생각하면
쓸쓸하고 슬퍼서 어쩔 줄 모르겠어요.
어떻게 마음을 추스를 수 있을까요? 조언 좀 해주세요.

Answer

누구나 슬픔에
익숙해지는 걸까?

○
○

(ⓒ.) 아빠가 돌아가셨구나. 불쌍해.

(ⓒ) 정말 그러네. 하지만 '불쌍해'라고 하면 안 되는 거야.

(ⓒ) 응? 왜?

(ⓒ) 왜냐하면 '불쌍해'라는 말을 들은 사람은 어쩐지
비참해지니까.

비참해지는 걸까?

보노보노는 안 그래?

나는 안 그런데.

하지만 그런 말에 상처받거나 슬퍼지는 사람이 있을지도 모르거든.

전에 나, 뾰족한 돌멩이를 밟아서 발바닥을 다쳤거든. 그래서 다리를 질질 끌면서 걷고 있는데 린이 '불쌍해' 하면서 울었어.

불쌍하다고 말한 애가 울었다고? 하지만 린이니까 그럴 수도 있겠지. 그리고 '불쌍해'라고 말한 사람은 위고, 그 말을 들은 사람은 아래라고 생각하는 사람도 있어.

뭐? '불쌍해'라는 말에 위아래가 있어?

왜냐하면 말한 사람은 불쌍하지 않지만 듣는 사람은 불쌍해지니까.

불쌍한 사람이 아래라는 뜻이야?

으흠. 왠지 이상하네. '불쌍해'라고 말하기 전부터 불쌍한 사람이 아래가 돼버리는 느낌인걸.

나 생각해봤어. 말이라는 건 어떤 말이라도 하는 순간 누군가 위가 되거나 아래가 되는 게 아닐까 하고.

뭐? 무슨 말만 하면 누군가 위가 되거나 아래가 된다고?

응응. 그래서 '불쌍해'라는 말은 그 말을 들은 사람이 아래가 되는 것 같아.

하하. 그리고 '힘내'도 그래. 그 말에 상처받는 사람도 있어.

으흠. 말이라는 건 어렵구나.

그것보다 이 사람 상담해줘야지.

응.

누구한테 물어보러 갈래?

누가 좋을까?

얼마 전에 흰토끼 아저씨네 아빠가 돌아가셨어.

뭐, 진짜?

[흰토끼 아저씨네]

응? 무슨 일이야?

흰토끼 아저씨. 얼마 전에 아버지가 돌아가셨죠?

아아, 근데 꽤 오래됐어. 2년 전이야.

어떻게 마음을 추스렸나요?

응? 나…… 추스렸나?

아직도 슬퍼요?

응. 가끔.

그럴 땐 어떻게 해요?

어떻게 하느냐니. 아무것도 안 해.

슬퍼서 울거나 그러지 않아요?

전에는 자주 울었는데.

지금은 안 울어요?

지금은 별로 안 울어.

왜 안 울게 됐을까?

글쎄…… 슬픔에도 조금 익숙해졌기 때문이겠지.

누구나 슬픔에 익숙해지는 걸까?

그야 익숙해지지. 나도 익숙해졌으니까.

익숙해지기 위해서 뭘 했어요?

아무것도 안 했어.

아무것도 안 해요?

응.

정말 아무것도 안 했어요?

안 했어. 아무것도 안 하고 그냥 슬퍼하기만 했지.

아, 그렇구나.

응?

슬픔에 익숙해지려면, 제대로 슬퍼해야만 해.

응. 슬퍼하는 게 싫다고 뭔가를 하면서 그 기분을 달래거나 얼버무리면 아무리 시간이 지나도 슬픔에 익숙해질 수 없어.

응응응. 하지만 슬퍼하는 건 힘들지.

힘들어. 있잖아, 흰토끼 아저씨. 갑자기 아버지가 돌아가신 분에게서 편지가 왔어요.

아.

뭔가 조언해줄 것 없을까요?

조언 말이지. 으흠.

뭐라도 괜찮아요.

나 조언 같은 거 해본 적 없는데.

아니면 슬플 때 했던 생각 같은 건 없어요?

슬플 때 했던 생각이라…….

없어요?

아, 맞다. '지금 이 세상에 아빠가 돌아가셔서 슬퍼하고 있는 사람이 몇 명이나 있을까'라는 생각을 한 적이 있어.

이 세상에 몇 명이나 있을까요?

분명 많을 거야.

응. 분명 엄청 많을 거라고 생각하면서, 머릿속으로 얼마나 더 많을지 떠올려봤어. 분명 내 생각보다 더 많겠지만 가능한 한 많이 떠올려보는 거야.

가능한 한 많이요…….

눈을 감고, 아빠를 잃고 슬퍼하는 사람을 떠올려봐. 가능한 한 많이.

(눈을 감고) 응.

(눈을 감고) 응응.

(눈을 감고) 봐. 이렇게 많아. 나 알거든, 다들 얼마나 슬플지. 다들 내가 얼마나 슬플지도 알고 있어.

[돌아가는 길]

흰토끼 아저씨는 웬지 대단하네.

응. 그리고 포로리는 이 세상에 많은 사람들이 있어서 다행이라는 생각을 했어.

어째서?

왜냐하면 어딘가에는 꼭 포로리랑 똑같은 누군가가 있을 테니까.

그런가. 하지만 누구와도 닮지 않은 단 한 명의 사람도 있지 않을까?

없어.

없을까?

없어. 나랑 닮은 사람은 반드시 있어.

응. 그렇구나.

“슬픔에 익숙해지려면, 제대로 슬퍼해야만 해.”

친구를
못 믿겠어요.

○
○

중학교 1학년 때, 같은 반 애들에게 왕따를 당하고 난 뒤 지금까지 사람에 대한 불신으로 친구들을 의심하게 됩니다(동네에서 만난 착한 친구들인데도요).
어떻게 하면 안심하고 친구들을 믿을 수 있을까요……?

Answer

으흠. 별 기대 안 하고
찾는 거야.

○
○

(·) 친구를 믿지 못하는 건 왜일까?

(·) 옛날에 왕따를 당해서지.

(·) 하지만 왕따를 시킨 건 다른 애들이잖아?

(·) 응. 하지만 언젠가 지금 친구들도 나를 왕따 시키는 건 아닐까 싶은 거야.

그렇구나. 포로리도 괴롭힘 당했잖아.

그렇지.

나도 언젠가 포로리를 괴롭힐 것 같아?

보노보노는 안 괴롭힐 것 같은데, 다른 애들은 조만간 또 괴롭힐 것 같아.

너부리는?

지금도 괴롭히거든?

오소리는?

조만간 괴롭힐지도 몰라.

여우 군은?

또 괴롭힐지도 몰라.

린은?

걔 내가 괴롭힐지도 몰라.

괴롭히면 안 돼.

응. 미안해.

결국 괴롭히는 애랑 조만간 괴롭힐 것 같은 애가 있는 거구나.

맞아 맞아.

그건 다들 마찬가지 아냐?

응. 그럴지도 모르지.

나만큼은 포로리를 괴롭히지 않을 거라고 생각하는구나.

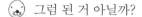

응응.

그럼 된 거 아닐까?

무슨 뜻이야?

괴롭히지 않을 것 같은 친구가 한 명만 있으면 된 거 아냐?

아, 그러네. 포로리도 보노보노가 시작이었지.
보노보노만큼은 날 괴롭히지 않았기 때문에 점점 다른
애들도 믿을 수 있게 됐어.

응응. 친구가 많을 필요는 없어.

한 명이나 두 명이면 충분해.

먼저 믿을 수 있는 애를 한 명만 찾으면 되지.

응. 거기서부터 시작되는 거고, 또 시간이 지나면 주변에
있는 친구들도 바뀌잖아. 그럼 또 달라질 거 아냐.

응응. 지금 있는 곳에 평생 있을 수는 없으니까. 주변도 나도
조금씩 바뀌는 거야.

포로리도 엄청 변했는걸.

그렇지. 포로리가 제일 많이 변했지.

보노보노가 있어서 그런 것 같아. 믿을 수 있는 친구가
있어서.

한 명이면 되는 거야.

응. 그리고 그 친구도 '단 한 명의 친구'를 찾고 있다면
최고지. 분명 평생 친구가 될걸.

그렇구나. 누구나 그런 친구를 찾을 수 있을까?

067

늘 '단 한 명의 친구'를 찾는다면 분명 찾을 수 있어.
하지만 너무 찾으면 안 돼.

너무 찾으면 안 된다니?

못 찾으면 상처받거든.

그럼 보통으로 찾으면 돼?

응. 언제나 멍하니 찾으면 돼.

'멍하니'라…….

아무한테도 강요하지 않고 찾는 거야.

강요하지 않고?

응. 별 기대 안 하고 찾는 거야.

그렇구나. 별 기대 안 하고 찾는 거구나.

응. 그러다보면 '단 한 명의 친구'가 없어도 살아갈 수 있어.

정말? 친구가 없어도 돼?

응.

외롭지 않을까?

외로워도 참을 수 있게 된다고 봐.

지금의 포로리도 그래?

아니. 이다음, 다음다음의 포로리가 그렇다는 거지.

그렇구나.

어떻게 하면 긍정적인 생각을
할 수 있나요?

○
○

이렇게 멋진 사이트를 만들어주셔서 감사합니다. 초등학교 때 보노보노를 알게 된 이후로 줄곧 열성팬이에요. (*^_^*)
저는 2년 전부터 일주일에 이틀은 아르바이트를 하면서 할머니, 그다음에는 할아버지를 간병하며 (가족들 도움을 받아 어찌저찌) 지내왔습니다. 그런데 이제 엄마가 간병을 맡겠다고 하셔서 제가 일을 해야만 해요. 하지만 이 나이가 되도록 제대로 할 줄 아는 건 없고, 겁도 많고 우유부단하고, 마음도 여리고 서툴러서 앞날이 불안합니다. 이런 저를 받아들이는 것도 쉽지가 않아서 저한테 있는 몇 안 되는 장점마저도 살리지 못하겠어요.
어떻게 하면 조금이라도 긍정적인 생각을 하며 살 수 있을까요?

Answer

그럼 나도 긍정적이지는 않다는
얘긴데.

○
○

🐧 왠지 자신감이 없는 사람인 건가.

🐧 어떻게 하면 긍정적인 생각을 할 수 있냐고 묻네.

🐧 포로리야. 긍정적이라는 게 뭐야?

🐧 그다지 우물쭈물거리지 않고 밝게 살아가는 거야.

🐧 그럼 나도 긍정적이지는 않다는 얘긴데.

포로리도.

긍정적인 인물이라, 누가 있지?

큰곰 대장?

으흠.

오소리도 그래.

뭐? 오소리가? 어째서?

어째서이긴. 오소리가 고민하거나 후회하는 걸 본 적이 없는걸.

숨어서 고민하는 걸지도 몰라.

아니야! 오소리는 아무 생각이 없다고!

그게 긍정적인 거야?

긍정적인 거랑은 다르지.

다른 것 같네.

프레리독은?

프레리독은 앞을 향하고 있을까?

(*일본어로 '긍정적이다'는 '앞을 향하다'라는 뜻도 가지고 있다.)

아니. 아무 데도 향하고 있지 않아.

아하하하. 아무 데도 향하지 않는구나.

응. 단지 거기 있을 뿐이니까.

하지만 이 사람, 할머니랑 할아버지 간병을 한대.

게다가 일도 하고. 대단하네.

대단하지. 포로리도 엄마 아빠 간병해드리잖아.

응. 간병을 해보니까 세상에서 두려울 게 없어졌어.

하지만 겁쟁이에다 우유부단하고 여린 데다 서툴다고 써 있어.

겁쟁이에다 우유부단하고 여린 데다 서툴러도 간병을 하면 짱인 거지!

간병은 대단한 거네.

다른 사람을 위해서 뭔가를 한다는 건 대단한 거야.

그렇구나. 그러네. 다른 사람을 위해서 하는 거구나.

응. 다만 왜 이런 걸 하고 있는 건지, 언제까지 계속해야 하는 건지를 몰라서 힘든 거야. 게다가…….

게다가?

아무리 간병해도 낫질 않는다는 게 힘들지.

그렇구나.

낫는다면 보람이라도 있을 텐데 낫질 않아.

응응.

그래도 간병하는 거야. 대단한 거 아냐?!

정말 그러네.

그러니까 이 사람은, 겁쟁이에다 우유부단하고 여린 데다 서툴러도 돼. 딱히 긍정적이지 않아도 괜찮지 않을까? 간병하고 있는걸.

그러게.

아무도 자기를 칭찬해주지 않을 때는 스스로 자기를 칭찬하는 거야. 그러면 조금씩 자신이 생겨.

겁쟁이에다 우유부단하고 여린 데다 서툴기만 하면 불안하겠지.

불안해하지 않는 사람 따윈 없어. 다들 자기만 불안해한다고 생각할 뿐이지.

나도 불안한데.

뭐가 불안해?

제대로 나이를 먹고 있는지가 불안해.

아, 제대로 나이를 먹고 있는지?

응응.

제대로 어른이 될 수 있을지 불안한 거야?

맞아 맞아.

다들 나이 드는 건 처음이니까.

다들 사는 게 처음이니까, 처음인 것투성이야.

그래서 다들 불안한 거야.

응응.

앞으로 무슨 일이 일어날까 하고.

응. 무슨 일이 벌어질까?

솔직해지지 못해요.

저는 남에게 솔직하게 사과를 잘 못 합니다. 친구나 가족 등 가까운 사이에서만 그러긴 하지만 고쳐야 할 것 같아요. 하지만 여전히 솔직하지 못한 성격 때문에 2년 전에 아버지랑 다퉜어요. 사과는커녕 서로 상처 주는 말을 주고받다가 "나가버려!"라는 아버지의 한마디에 집을 나와버렸죠. 어느새 2년 동안 아버지랑은 말도 안 섞고 만나지도 않아. 제 성격에 저조차 질려버려서 혼자 울기도 했답니다.

'어차피 이렇게 된걸 뭐' 하고 포기하는 심정이지만 식구들에게까지 부담을 주는 것 같아 아버지께 사과드리려고 해요. 하지만 막상 얼굴을 보면 반항하는 태도로 대하게 돼요. 저의 이 고집 세고 솔직하지 못한 성격을 고치려면 어떻게 해야 할까요? 주변에 상담할 만한 사람이 없어서 보노보노와 친구들의 의견이 듣고 싶네요. 무거운 이야기라 미안해요.

Answer

'사과하고 싶다'는
마음만으로 된 거야.

 아빠랑 싸웠구나.

 2년 동안 말도 안 했대.

 왜 싸운 걸까?

 그건 안 써 있지만, 가족들은 원래 잘 싸우잖아. 포로리도 누나들이랑 1년 내내 싸우는데 뭐. 그리고 아로리 누나도 요새 아빠랑 얘기하는 걸 본 적이 없어.

😊 아빠랑 누나랑 사이가 안 좋아?

🐶 딱히 사이가 안 좋거나 싸운 게 아니라 언젠가부터 별로 이야기를 안 하게 된 거야. 특히 아빠가 그래. 누나랑 엄마랑은 이야기하거든.

😊 그렇구나. 왜 아빠랑은 이야기를 안 하게 된 걸까?

🐶 뭐랄까. 아빠는 변하질 않거든. 늘 똑같아. 항상 '나는 나야'라는 느낌이야.

😊 우리 아빠는 변하는데. 누구한테 혼나면 금방 변해.

🐶 보노보노네 아빠는 특이하니까.

😊 아하하하하하.

🐶 웃을 일이야?

😊 응? 아니야?

🐶 딱히 웃어도 상관없어. 그러니까 보노보노네 아빠는 예외야. 너부리네도 아빠랑 만날 싸우기만 하잖아.

😊 아, 맞네.

🐶 아, 맞다. 너부리한테 물어볼까?

[너부리네]

😊 너부리야. 나야, 보노보노야.

🐱 너부리!

😊 없나?

🐱 아니. 있어. 너부리 냄새가 나는걸. 너부리!

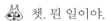

쳇. 뭔 일이야.

거봐. 있잖아.

너부리. 좀 물어볼 게 있어서.

또 상담이냐? 그딴 거 왜 하는 거야?

응, 미안.

왜 사과를 해.

응, 미안.

왜 사과를 하냐고!

보노보노. 사과만 하면 안 돼.

미안해! 미안해!

사과하지마아앗!!! (철퍼)

아아야앗!

훗. 때리니까 속이 시원하네.

너부리, 너무하잖아!

이야. 미안 미안. 아빠랑 싸워서 말야.

거봐. 역시 아빠랑 싸운다니까.

너부리는 아빠랑 왜 싸워?

왜? 그런 건 우리 아빠한테 물어봐.

너부리는 몰라?

어떻게 알겠냐? 아빠가 나를 미워하는 건데.

너부리는 안 미워해?

나도 미워하는 듯?

둘 다 미워하잖아!

뭐 그런 셈이지.

왜 미워하는 거야?

왜긴 왜야. 미움받으니까 그렇지. 날 싫어하는 녀석을
좋아하겠다는 생각은 못 하지.

그래도 싫어진 이유가 있을 것 같은데.

있을지 모르겠지만 그런 옛날 일은 잊어버렸어.

매일같이 얼굴을 보기 때문 아닐까?

아, 그런 건 있지. 매일 만나니까 지겨워.

그 기분 알겠어.

나는 아빠랑 매일 만나도 싫증 같은 거 안 나는데.

너네 아빠는 특이하니까.

아하하하하하.

또 웃네.

그리고 말야. 우리 집이랑 포로리네는 집이잖아.
나무에 난 구멍 안에 집이 있다고. 좁고 냄새나고 짜증 나.
좁은 것도 냄새나는 것도 다 남 탓이라는 생각이 들고.

아, 그렇구나. 보노보노네는 집이 아니라 바위터니까.

맞아 맞아. 보노보노네는 집이 아니니까.

그럼 다들 바위에서 살면 돼.

싫어. 춥고 비도 오잖아.

남들한테 다 보이니까 싫어.

그리고 나, 언젠가 집 나가서 혼자 산 적 있잖아.

아, 그랬지.

따로 살면 되는구나.

그렇게는 말 못 하겠는데. 뭔데 그래? 그 상담 내용 좀 보여줘. ……뭐야, 이 사람은 벌써 따로 살고 있잖아.

그렇긴 한데, 아무래도 화해하고 싶나봐.

하지만 솔직해지지를 못해서 아버지랑 이야기하기가 힘들대.

아니, 벌써 솔직해졌잖아.

뭐?

'사과하고 싶다'라는 등 말하잖아.

하지만 솔직해지지 못해서 아직 사과도 안 했는데.

사과하고 싶다는 마음만으로도 된 거야.

사과 안 하고, 생각만 해도 된다구?

응, 생각하면 조만간 꼭 사과할 수 있지.

그럴까?

그래.

하지만 사과 못 하면?

사과 못 하면, 그건 그것대로 어쩔 수 없어.

어쩔 수 없는 건가.

어쩔 수 없는 일도 있는 거야. 어쩔 수 없는 걸로 된 거지. 왜 뭐든 해결해야 되는 건데.

그럴 수도 있지. 어쩔 수 없는 일을 해결하려다가 잘 풀리지 않아서 더 큰 고민이 될지도 모르고.

하지만 아버지랑 계속 말 안 하고 지내는 건 불쌍하잖아.

그러니까 '사과하고 싶다'고 생각하는 한 조만간 무슨 일이 일어난다고.

'무슨 일이 일어난다.' 응응.

왜 지금 당장 해결해야 되는 거야? 지금 해결 안 해도 조만간 어떻게든 될지 모르잖아.

다들 계속 고민하는 게 싫어서겠지.

맞아 맞아 맞아.

왜 조만간 어떻게든 되는 걸까?

자기 혼자 사는 게 아니니까.

응.

나뿐만 아니라 아버지도 살고, 내 친구도, 아버지 친구도 살아. 내가 모르는 곳에서 누구에게 어떤 일이 벌어질지는 아무도 모른다구.

그렇지. 그게 항상 희한해.

그렇구나. 그러네.

아! 아빠 왔다. 위험하다! 위험해! 너희들 빨리 돌아가!

어이.

왜, 왜 그래?

이거 먹을 거냐?

아, 대나무 버섯. 이렇게 많이 어쩐 일이래.

저기서 오소리 아빠한테 받았어. 우리 대나무 버섯
다 떨어졌잖아. 먹을 거냐?

그러게. 응, 먹을래.

그럼 들어가자. 대나무 버섯은 금방 안 먹으면 향이 날아가.

알았어.

앗. 집으로 들어가버렸어.

하지만 잘됐네.

너부리가 모르는 곳에서 뭔가 일어났네.

그렇구나.

솔직하게 말 못 하겠어

〈보노코레〉 1권 118쪽에서

고양이 똥 냄새가
심해요.

○

○

우리 집 고양이 똥 냄새가 심해서 치우지를 못하겠어요. 어쩜 좋을까
요? 린은 평소에 자기 똥 냄새를 어떻게 관리하고 있나요?

Answer

그것 참
곤란하겠네.

○

○

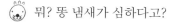

뭐? 똥 냄새가 심하다고?

그것 참 곤란하겠네.

곤란한가? 그런데 똥에서 냄새가 나는 건 당연한 건데.

뭐, 그야 그렇지만. 그럼 린에게 물어보자.

[린네]

아, 있다 있다. 린!

린!

아, 보노보노랑 포로리. 무슨 일이야?

'무슨 일이야?' 하면서 이미 똥 누고 있어!!!

아하하하. 어때? 굉장하지?

안 굉장해.

농담이야.

당연하지.

린, 상담이 도착했는데.

상담?

응. 있잖아, 고양이 똥 냄새가 심하대. 어떻게 하면 좋을까?

그거 힘들겠네.

힘들까?

힘들지.

린은 자기 똥 냄새를 어떻게 해?

어떻게 하느냐니. 내 똥은 냄새가 안 나.

뭐? 냄새나겠지.

그럼 맡아봐.

싫어!

안 맡아보고는 알 수가 없지.

안 맡아봐도 알아!

네 똥은 왜 냄새가 안 나는데?

그거야, 고기 같은 걸 별로 안 먹고 물고기나 벌레나 풀을 먹기 때문이지.

그렇구나. 고기 말고 물고기면 괜찮은 거구나.

그래도 냄새는 나지.

냄새 안 나니까 맡아봐.

싫다고 했잖아!

그거 말고 또 있어?

내 똥이라고 생각하면 돼.

자기 똥이라도 냄새는 나지.

그럼 자기 똥이라고 생각하고 맡아봐.

분명히 싫다고 했다!

또 다른 비법 같은 건 없을까?

비법?

응. 똥 냄새 안 나게 하는 비법.

그런 비법이 있겠어? 아, 똥 냄새가 안 나게 하는 풀을 먹으면 돼.

응? 그런 풀이 있어?

응. 우리 아빠한테 있어. 우리 집에 있어. 잠깐 기다려. 봐봐. 이거야, 변대풀.

변대풀?

아빠가 붙인 이름인데 '대변'을 반대로 말한 것뿐이야.
이거 먹어봐.

내가? 어떤 거, 어떤 거? 우왁, 써!

나도 먹을게. 포로리도 먹어.

포로리는 됐어.

왜? 안 먹어보고는 모르잖아.

안 먹어봐도 알거든!

어떻게? 어떻게 알아?

그런 게 있어! 좀 이따 똥 눌 거지?

응. 당연히 누지. 그거 때문에 먹은 건데.
그럼, 보노보노부터 눠봐.

으흠. 그렇게 금방은 안 나와.

그런가. 변대풀을 먹으면 바로 똥 누고 싶어져.
자, 봐봐. 보라구. 나올 것 같지 않아?

말하면서 이미 누고 있잖아!

앗. 진짜다. 많이 나왔네. 그럼 포로리, 냄새 맡아봐.

안 맡는다고 했잖아!!!

똥 안 눈 애가 맡아야 되는데.

그런 거 누가 정한 건데!

괜찮아, 린. 내가 맡아볼게.

앗.

음, 어느 쪽을 맡을까? 냄새나려나?

…….

…….

아이구, 냄새야! 지독해!

역시 냄새나잖아!

그렇구나. 아쉽네.

뭐가 아쉬워! 아쉬운 건 이쪽이라구!

역시 똥은 냄새가 나네.

그야 조금은 나겠지.

아까는 안 난다고 했으면서.

그러긴 했지만 말야. 똥은 왜 냄새가 나는 것 같아?

왜일까?

냄새가 안 나면 다들 모르고 밟겠지.

아, 그렇지.

냄새가 안 나면 다들 파묻거나 하지도 않고 그냥
내버려두겠지.

그렇구나.

냄새가 안 나면 다들 손으로 만질 거야.

그렇구나. 다 이유가 있었네.

이유가 아니야. 임무야.

임무?

응. 똥 냄새의 임무. 다들 그렇게 미워하는데도 자기 임무를 다하는 거야. 대단해. 그러니까 냄새난다 어쩐다 하지 마! 불쌍해! 어엉엉엉…….

왜 우는 거야!

아. 어쩐지 똥의 냄새나는 임무에 감동받아서.

그러게. 똥에서 냄새가 나는 것도 다 임무가 있어서였네.

알겠다구? 그럼 잠깐 냄새 맡아봐.

안 맡는다고 몇 번을 말해!!!!

역시 냄새나는 건 어쩔 수 없는 걸까?

그렇게 싫으면 숨을 참으면 돼.

그렇지.

그렇게 하면 확실히 냄새가 안 나긴 해.

포로리, 그럼 숨 참고 맡아봐.

안 맡는다고 했다!!!!

" 안 맡는다고 했잖아!!! "

본때를 보여주는 방법 없을까요?

저는 마흔여섯 살 주부이고요. 지방색 물씬 풍기는 간사이 지방 사람입
니다(*간사이 지방 사람은 무뚝뚝하고 걸걸한 말투에다 외향적인 성격에 남 참
견하기 좋아한다는 편견이 있다). 저는 정형외과 의사 할아범 코를 납작하
게 해줄 방법을 궁리하고 있어요. 저는 담배를 좋아하는데요. 특히 다
양한 맛이나 향기가 나는 담뱃잎을 취향대로 골라서 말아 피우는 담배
를 좋아해요. 물론 담배인지라 몸에 안 좋다는 걸 알면서도 취미로 즐기
고 있어요. 얼른 본론으로 들어가면요. 얼마 전에 일터에서 허리가 삐끗
해서 가까운 거리에 있는, 평판 좋은 정형외과에 가서 통원 치료를 받고
있어요. 그런데 거기 병원장 할아범이 담배를 싫어하는 사람이라서 문
진표에 흡연이라고 썼다는 이유로 맹공격을 합니다. '담배 끊으라고 했
잖아! 아직도 피우는 거야? 못 끊은 게 아니라 안 끊는 거라고! 변명하지
마! 의지박약 같으니라구!' '뭐래, 담배랑 허리는 상관없잖아…….' 이런
분위기랄까요? 이 할아범을 입 다물게 할 재미난 대처법 없을까요? 병
원을 바꾸자니 '고 녀석, 도망쳤구만'이라고 생각할 것 같아 분하고 속
으론 '그놈의 정형외과 영감탱이 타도하자!'를 다짐하고 있답니다.

Answer

구덩이를 파는 게 좋겠어.
아니, 그건 좀.

 본때를 보여주고 싶대.

 왠지 재미있을 것 같네.

 포로리야, 담배가 뭐야?

그거 아닐까? 풀을 태워서 연기를 들이마시는 거.

연기를 마셔? 아하하하하.

왜 웃는 거야.

왜 웃냐니. 연기를 들이마셔서 뭐 해?

뱉는 거야.

아하하하하. 마셨다가 뱉었다가 하는구나.

그런가봐.

왜 그런 걸 할까?

맛있나보지.

연기를 마시고 뱉으면 맛있어?! 아하하하하.

품. 왠지 포로리도 웃기기 시작했어. 아하하하하.

아하하하하하하하하.

아하하하하하하하하.

연기 마시는 걸 끊을 수 없는 걸까?

그런 거 있잖아, 이상한데 관둘 수 없는 거.
포로리도 벌레를 잡을 때면 무턱대고 냄새를 맡고
싶어지거든.

나도 구멍이 있으면 어떻게든 들여다보고 싶어져.

그건 좀 다르지 않나…… 아무튼 이상한 행동이니까
관두라는 말을 듣는 거라고 봐.

응. 다들 하는 행동을 관두라고 하지는 않지.
이 사람, 연기를 마시고 뱉는 걸 관둘 수 없는 걸까?

089

관둘 수 없는 게 아니라 관두지 않는 거라고 써 있어.

관두고 싶지 않은 건가?

관두고 싶지 않으니까 관둘 수 없는 거야. 그보다 본때를 보여주고 싶다는데, 어떤 방법이 좋을까?

구덩이를 파는 게 좋겠어.

아니, 그건 좀…….

아님 물을 뿌려.

아니, 그것도 좀…… 앗! 좋은 생각이 났어!!
그 할아버지가 담배를 끊으라고 하잖아?
그럼 담배 끊은 걸 보여주면서 '끊었는데, 어때?' 하고 말한 다음 그 앞에서 다시 피우는 거야. '다시 피우기로 했지롱' 이러면서. 아하하하.

그거 대단하네. 그 할아버지 무조건 화낼걸?
'앗, 또 피우잖아?' 이러면서. 그러면 좀 있다가
'담배를 다시 피웠더니 허리가 나았지 뭐람' 하고
말해보는 건 어때?

와, 짱이야! 보노보노 엄청 대단해!

아하하하하.

캬하하하하. 그 할아버지 화내다 쓰러질지도 몰라.

이 사람, 진짜로 하지는 않겠지…….

안 하겠지…….

취업은 왜
하는 건가요?

○
○

저는 1년 넘게 취업 활동을 하고 있지만 아직 정해진 직장이 없어요. 딱
히 관심 있는 분야도 없어서 일반 회사에서 사무 보조직으로 일하면 좋
을 것 같은데 실은 왜 그게 좋은 건지도 모르겠어요. 어디서, 뭘 하면
서, 뭘 위해서 일해야 하는지 생각해봐도 잘 모르겠고요.
확실한 목표가 없어서 취업이 안 되는 건지도 모르겠습니다.
취업은 왜 해야 할까요?

Answer

취업해야 하는 이유가
꼭 필요한 걸까?

○
○

 취업이 뭐야?

 일하는 거야. 조개를 따거나 호두를 줍는 것처럼.

 그럼 일해야겠네.

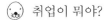 하지만 이 사람은 자기를 위해서 일하는 게 아니라고
생각하는 것 같아.

그럼 누굴 위해서 일해?

누구라기보다는 다들 그렇게 하니까 하는 것도 있고. 다들 일하라고 하니까 하는 것도 있고.

그러면 싫은가?

싫진 않아도 왠지 납득이 안 가는 거 아닐까?

취업해야 하는 이유가 꼭 있어야 해?

꼭 있어야 하는 건 아니라고 봐. 만약 빨리 취업이 됐다면 이 사람은 고민 안 했을지도 몰라.

그렇구나. 그럼 취업이 되면 고민도 사라지지 않을까?

그렇게 간단하진 않을 거야.

그래? 그럼 어떻게 하면 될까?

보노보노. 좀 더 제대로 생각해봐.

생각하고 있는데 잘 모르겠어. 취업하기 싫으면 안 해도 되는 거 아냐?

그럼 어떻게 살아?

으흠. 잘은 모르겠지만, 일하고 싶을 때 일하면 되잖아.

그게 가능하면 이 사람도 곤란하지 않겠지.

응. 그게 안 되니까 일할 수밖에 없는 건가?

모두가 '일해!'라고 말하는 게 싫은 걸까?

나 말야, 다른 사람이 시켜서 일하는 것도 괜찮은 것 같은데.

응응. 다들 뭐든 납득해서 하는 건 아니니까.

응. 나도 아빠가 안 시켰으면 청소 같은 거 안 했을 거야.

일을 꼭 해야 한다면, 누가 시킨다고 해도 그냥 일하면 되는
거 아닐까? 아무래도 싫다면 싫다고 말하면 되는 거고.

세상이 그렇게 올바르게만 돌아가는 건 아니지.

응. 하고 싶은 걸 하고 사는 사람도 얼마 없고.

굳이 말하자면 다들 하기 싫은 것만 하고 살지.

맞아 맞아. 그래서 하고 싶은 게 없는 사람은 누가 시켜서
하는 것도 괜찮지 않을까?

응응. 그게 뭐가 나쁜가 싶네.

게다가 말야.

응.

세상은 하기 싫은 일을 해주는 사람들 때문에 굴러가는
거라고 생각해.

우오오오! 보노보노, 대단해!

아하하하. 대단한가? 하고 싶은 일을 하는 사람은 눈에 띄기
마련이니 잘 모르겠지만.

맞네. 세상에는 별로 하고 싶지 않은 일을 하는
사람들뿐인걸. 그럼에도 불구하고 하고 싶은 일을 하는
사람이 되고 싶으냐는 거지.

게다가 말야. 하기 싫은 걸 하는 거랑 살면서 즐겁다고
느끼는 거랑은 다른 거 같아.

맞아 맞아. 정말 그래. 전에 포로리도 아빠랑 엄마랑
세상 사는 이야기를 하고는 '아이고, 아이고' 하고
가슴 답답해하면서 강가로 갔는데, 마침 너부리랑
보노보노랑 오소리가 있어서 다 같이 강물에 들어가서
놀았던 게 무척 재미있었어.

그렇지. '아이고, 아이고' 하면서 가슴 답답한 채로 집으로 가도 재미있는 일이 없는 건 아닌걸. 나 말야, 그래서 말야. 별로 하고 싶지 않은 걸 하는 게 더 좋아.

포로리도.

우주를 생각하면
마음이 술렁대요.

○
○

우주를 생각하면 나 자신이 보잘것없고 고독한 존재인 것 같아서 무서
워요. 마음이 술렁댑니다. 어쩌죠?

Answer

별은
뭘 하고 있을까?

○
○

😊 우주 이야기니까 오늘은 밤에 상담하기로 했어.

🐿 그렇구나. 보노보노가 사는 곳에서 보니까 별이 정말
아름답다.

😊 나도 말야, 우주나 별이 떠 있는 하늘을 보면 가슴이
무럭무럭해.

🐴 무럭무럭? 포로리는 마구마구해.

마구마구라니?

왠지 뭐가 뭔지 모르겠어서 등줄기가 서늘해지는 느낌 말이야. 보노보노의 무럭무럭은 어떤 거야?

내 무럭무럭은 점점 여러 가지에 대해 생각하게 되는 거랄까.

그럼 자꾸자꾸가 아닌가?

무럭무럭이 좋아.

아, 그러세요?

나 있잖아. 별이 떠 있는 하늘을 보면 나랑 무슨 사이일까 생각하게 돼.

무슨 사이?

응. 왜냐하면 별은 손에 닿지도 않고, 가까이 갈 수도 없고, 반짝이는 거 말고는 뭘 하고 있는 건지 알 수가 없잖아.

정말이네. 별은 뭘 하고 있을까?

응응. 뭘 위해서 있는 걸까?

게다가 하늘 위에 있고.

응. 알고 싶어도 알 방법이 없네.

그래도 뭔가 이유가 있어.

맞아 맞아. 그 이유가 뭘까?

맑은 날이면 별빛 때문에 밝은 밤도 있어.

하지만 그건 달님이 빛을 내는 거잖아.

별똥별을 본 적도 있어.

응. 나는 말야. 그 별들 중 어느 하나가 내가 아닐까 생각해.

별 중에 하나가?

별똥별이 떨어지면 누군가 죽은 거라는 말을 하잖아.
그러니까 그 많은 별 중 하나가 내가 아닐까를 생각하게 돼.

아, 그럼 보노보노가 죽을 때 보노보노별이 별똥별로
떨어지는 거야?

맞아 맞아.

보노보노별이구나.

응. 그렇게 포로리별도 있는 거 아닐까?

하지만 뭐가 포로리별인지 모르는데.

응응. 그거 무섭다, 그렇지?

별똥별을 보면 내 별이 아닐까 싶어서?

맞아. 내 별이 별똥별이 되면 내가 죽는 거잖아.

으흠. 등줄기가 마구마구해졌어…… 그런 무서운 이야기는
그만하자. 그것보다 포로리 생각 좀 들어봐.

알았어.

포로리는 달님도 별이 아닐까 하는 생각을 했어.

뭐어? 달님도 별이라고? 그렇게 크기가 다른데도?

그 이유는 달님이 가장 가까이에 있기 때문 아닐까.

앗, 그렇구나. 아니면 엄청 큰 별일지도 모르겠네.

맞아 맞아.

그렇구나. 그렇게 생각하니까 왠지 우주는 대단하네.

응. 그리고 우리가 사는 곳도 별이라면?

뭐어?! 우리가 사는 곳도 별이라고?

그래 그래.

대단하네. 그럼 우리가 사는 곳 뒤쪽에도 별이 있다는 거야?

응. 별에 둘러싸여 있는 거 아닐까?

대단해 대단해. 별이 그렇게 많다니.

더 대단한 건, 그렇게 많은 별에 포로리나 보노보노 같은 생명체도 많이 있다면 어떨까?

우와아앗! 그건 너무 대단하네!! 만약 저렇게 많은 별들에도 생명체들이 있다면 나…… 나…… 더 이상 외롭지 않아.

그러게. 외롭지 않겠지. 그러니까 외로울 때 다들 밤하늘을 올려다보나봐.

하지만 그 많은 동물들은 보이지 않아.

응. 우리한테는 보이지 않지.

그건 이제까지 살았던 사람들 같은 거 아닐까?

이제까지 살았던 사람들?

우리가 태어나기 전에 세상을 떠난, 모르는 사람들.

아, 있었지만 더는 만날 수 없는 사람들.

응. 우리들한테는 보이지 않는, 이제 다시는 만날 수 없는 사람들 말야.

그런 사람들은 어쩐지 별 같아.

우리가 모르는 사람이 별처럼 무척 많았을 거야.

🐴 이미 세상을 떠난, 우리가 모르는 사람들은 포로리와 어떤 사이일까?

🐹 별이랑 같은 거야. 별도 왜 있는지 모르잖아.

🐴 역시 다들 죽으면 별이 되는 건가봐.

🐹 그렇다면 별이란, 이제까지 세상을 떠난 사람들이 보이는 거야!

🐴 맞아 맞아. 우리들이 태어나기 전에 세상을 떠난 사람들이 보이는 거야.

🐹 대단하네.

🐴 대단하다.

🐹 말하고 보니 왠지 그런 것 같네.

🐴 응응.

안 좋은 생각만 잔뜩 하게 됩니다.

매일 안 좋은 생각만 잔뜩 하게 됩니다. 학교나 아르바이트하는 데서 왕따를 당하거나 귀갓길에 험한 꼴을 당하거나 취업이 정해진 회사에서 압박을 받는다거나…… 다들 이미 지나간 일들이지만 자꾸 머릿속에서 생각들이 돌아다닙니다. 1년 전 일이나 10년도 더 된 일들이 뒤섞여서 나쁜 이야기들이 제멋대로 떠올라요.

도무지 제 힘으로 끊을 수가 없어요. 밖에 있을 때나 무언가에 집중할 때도 머릿속에서 재생되거든요. 그리고 '그때 그렇게 하면 좋았을 텐데' '그런 식으로 대꾸하면 좋았을 텐데' 하고 후회하게 됩니다.

후회해봤자 소용없는 일들뿐이고 부정적인 생각들로 머릿속이 가득 차는 건 바람직한 상황이 아니겠지요. 머릿속에서 안 좋은 생각들을 조금이나마 없애버리기 위한 방법이 있을까요?

Answer

절대 생각하지 말자고
또 한 번 스스로 다짐하는 거야.

 안 좋은 생각이 자꾸 떠오르는 건 버릇이 되기도 하지.

되지 되지.

자기 힘으로 멈출 수도 없고. 꼭 잘 때 부르는 이상한 노래 같아.

잘 때 부르는 이상한 노래라니?

난 말야. 잘 때 이상한 노래가 머릿속에서 흘러나와서 잠이 안 와. 전에는 이런 노래가 떠올랐어. '싫어 싫어, 싫단 말이야. 그래도 괜찮아. 앞으로 가, 앞으로 가. 저 멀리 가. 이 아인 누굴까, 이상한 애네. 곧 죽어도 끝까지 따라오네.'

그만해! 됐어! 그만 불러!

그만하고 싶어도 멈춰지지 않아서 잠도 못 잔다구.

그럴 때 있지. 대체 뭘까?

곤란하지.

그럴 때 보노보노는 어떻게 해?

으흠. '그만하자, 그만하자' 생각하면서 스르륵 잠들어.

노래라면 괜찮은데 안 좋은 생각이라면 힘들어지지.

왜 안 좋은 생각만 자꾸 떠오르는 걸까?

포로리의 경우에는, 안 좋은 생각을 안 하려고 애쓰는 것보다 차라리 생각하게 놔두는 게 더 편하기 때문이야.

안 좋은 생각을 하면 기분 나빠지잖아.

몸에 안 좋은 걸 무리해서 관두는 것보다 하는 게 어쩐지 더 편하잖아.

아, 코딱지 파는 것처럼.

코딱지 파는 게 몸에 나쁘진 않지.

그렇구나. 확실히 안 하고 참는 것보다 하는 게 편하지.

이런 건 왠지 버릇 같은 거라서 관둘 수밖에 없지 않나.

하지만 관둘 수가 없대.

그래도 관두기로 결심하는 거야.

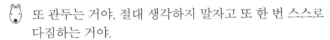 그래도 또 생각나면?

또 관두는 거야. 절대 생각하지 말자고 또 한 번 스스로 다짐하는 거야.

스스로 다짐하라고? 다짐하면 관둘 수 있을까?

관두지 못할 수도 있어. 그래서 또 안 좋은 생각을 하게 되더라도 다시 한 번 절대 생각하지 않겠다고 스스로 약속하는 거야.

포로리는 어쩐지 대단하네. 그렇게 해서 관두게 된 게 있어?

아빠랑 엄마를 돌봐드릴 때 '어차피 좋아지지도 않을 텐데, 뭐'라는 생각을 안 하게 됐어.

그렇구나. 하지만 모두가 그렇게 애쓸 수 있을까.

아니. 포로리조차 요즘도 '어차피 좋아지지도 않을 텐데, 뭐'라고 생각할 때가 있어. 잘 안 돼도 괜찮아. 다시 안 좋은 생각이 떠올라도 괜찮고. 하지만 그래도 다시는 생각하지 않겠다고 나 자신한테 약속해봐.

그러면 언젠가는 관둘 수 있게 돼?

관둘 수 없을지도 모르지만 언젠가부터 조금은 다른 내가 되어 있을 거라고 생각해.

어떤 나?

잘은 모르지만, 지금과는 조금 다른 자신.

내가 부르는 이상한 노래처럼 '관두자, 관두자' 생각하면서 스르륵 잠들어버릴지도 몰라.

맞아 맞아. 어떻게든 상관없어지는 것처럼.

하지만 말야. 안 좋은 생각이 날 때는 몸이 흠칫하지.

응응. 포로리는 갑자기 실실 웃기도 해.

아, 나도 말야. 옆에 아무도 없는데 '그런 거 아냐!'라고 말할 때가 있어.

너부리는 갑자기 달리기 시작하는 것 같더라. 언제였나, 너부리가 숨을 헐떡거리며 뛰어오길래 '왜 그래?' 하고 물었더니 '엄청 짜증 나는 일이 생각났어!' 하는 거야.

뛰는 것도 좋을 것 같아. 숨을 헐떡거리면서 고민하는 사람은 없으니까. 그래도 다들 안 좋은 생각을 하긴 하나봐.

그야 그렇지. 다들 똑같아. 다들 왜 고민하느냐면 나 혼자만 고민한다고 생각하기 때문이야.

다들 비슷한 걸로 고민하는구나.

그걸 알면 이렇게 혼자 고민하지는 않겠지.

다들 서로가 무슨 생각을 하는지 알면 좋을 텐데.

왜 모르는 걸까? 보고 듣고 만지고 헤엄치고 하늘을 날 줄은 알면서.

다른 사람이 무슨 생각을 하는지 알면 좋을 텐데.

다들 다른 사람들에게는 말할 수 없는 비밀이 있기 때문이야.

하지만 내가 무슨 생각을 하는지 남들이 다 알아챈다면 애초에 비밀 같은 것도 없는 거 아냐?

오오. 과연 그렇네.

우리 모두에게는 비밀이 꼭 필요한 걸까?

왜 필요한 걸까?

왜 그런 걸까?

" 다들 왜 고민하느냐면
나 혼자만 고민한다고 생각하기 때문이야. "

어떻게 하면
　　　누군가를 좋아하게 될까요?

　　º
　　º

반갑습니다. 저는 이제까지 아무하고도 사귄 적이 없어요. 그래서인지
최근 몇 년간 좋아하는 사람도 없어서 사람을 좋아하는 느낌이 뭔지 모
르겠어요.
어떻게 하면 누군가를 좋아하게 될까요? 앞으로 계속 혼자 지내는 건
외롭거든요.

Answer

누군가를 좋아한다는 건
옛날이야기야.

　　º
　　º

(•‿•) '어떻게 하면 누군가를 좋아하게 될까요?'라니. 이 사람
　　외로운가보네.

(•ᴥ•) 응. 좋아하는 사람이 없는 건 외롭겠지.

(•‿•) 으흠……

(•ᴥ•) 음……

'어떻게 하면 누군가를 좋아하게 될까요?'라는 말을 막상 들으니 잘 모르겠네.

포로리도 어떻게 누군가를 좋아하게 되는 건지 모르겠는걸.

난 딱 하나 아는 게 있는데, 그 사람이 없을 때 그 사람에 대해 생각하거나 하면 좋아질지도 몰라.

아, 그러네. 그게 시작이지.

응. 그 사람이 없을 때는 그 사람을 생각하고, 그다음에 그 사람을 만나면 왠지 좀 아닌 것 같고.

응응. 맞아 맞아. 좀 두근두근거린달까.

근데 그건 친구든 연인이든 똑같지 않아?

음, 그럴지도 모르겠네.

나 말야. 맨 처음 포로리랑 친구 되고 나서 계속 포로리를 생각했어. 빨리 또 놀고 싶어서.

그랬지. 그때부터 누군가를 좋아하게 되는 거지.

그건 친구일 때 이야기고, 연인은 다른 걸까?

분명 다를걸. 어디가 다르냐면 왠지 특별해져버리는 거야. 그 사람의 웃는 얼굴 같은 게.

뛰는 모습이라든지.

뛰는 모습은 잘 모르겠는데, 또 하나는 눈이 마주치는 거지. 딱 마주쳐버려.

아아, 딱 마주치면 끝난 거지.

뭐 게임 끝이지. 하지만 이 사람은 가장 첫 번째 단계, 그 사람이 없을 때 그 사람을 생각하는 게 안 되나봐.

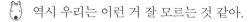

😿 앗. 그게 안 되면 다시 처음으로 되돌아가는데…….

🐰 역시 우리는 이런 거 잘 모르는 것 같아.

😿 그럼 누구한테 물어볼래?

🐰 누구한테?

😿 이 사람 여자지? 여자한테 물어볼까?

🐰 여자라면 누구?

😿 음, 있지, 포로리 누나라든가.

🐰 안 돼 안 돼 안 돼 안 돼 안 돼 안 돼. 절대 안 돼!
도로리 누나는 '그런 건 간단한 거예요. 쉬운 문제죠'라고
말할 게 뻔하고, 아로리 누나는 '좋아하는 녀석이 없는 게
뭐가 문제라는 거야?'라고 할걸.

😿 그럼 다른 여자로는 누가 있을까?

🐴 으흠…….

[큰곰 대장네]

😿 🐰 안녕하세요.

🐻 어머. 해달이랑 포로리 왔구나. 신기하네. 우리 애한테 볼일
있어? 아니면 우리 그이?

😿 오늘은 작은곰 엄마한테 물어보고 싶은 게 있어서요…….

🐻 뭐!! 나한테? 꺄아아아아아. 기뻐라! 기뻐라! 그런데 뭘?
뭘 묻고 싶은데?

🐰 실은…… 이 편지를 보낸 사람이요.

우와…… 응? '어떻게 하면 누군가를 좋아하게 될까요?' 왠지 어려운걸.

네. 무지 어렵죠.

사람을 좋아할 수 없는 사람한테 사람을 좋아하는 방법을 가르쳐달라는 얘기야?

음…….

왠지 억지로 좋아해야 한다는 이야기 같네.

이 사람, 왜 좋아하는 사람이 없을까?

음…… 분명 여유가 없었을 거야. 열심히 살아왔을 테고, 아니면 사는 것만으로도 벅찼던 게 아닐까?

여유라는 건 어떻게 생기는 거예요?

여유는 가끔 즐거운 일이 있으면 생기는 거야.

그럼 즐거운 일이 별로 없었던 걸까요?

그럴지도 모르지.

그건 불쌍하네.

누군가를 좋아한다는 건 동화 같은 거야.

동화요?

누군가를 좋아하는 건 옛날이야기 같은 거구나.

으흠, 좀 다를지도 몰라.

다르다구요?!

하지만 옛날이야기를 믿기 위해서는 여유가 필요하지. 아니, 여유가 있으니까 옛날이야기를 믿게 되는 건가?

뭐든 상관없어요.

작은곰 엄마가 큰곰 대장을 좋아하게 된 것도
다 옛날이야기예요?

응. 옛날이야기지. 결혼하고 나서 평범하게 좋아진 거거든.

평범하게 좋아졌다니요?

친구처럼 좋아하는 거야.

지금도요?

지금도 조금 좋아해.

조금이구나.

좋아하는 건 조금이면 되는 거야. 너무 좋아하는 동안은
옛날이야기인 거지.

그렇구나.

그럼 사랑이란 옛날이야기네요.

그렇다고 생각해. 그러니까 옛날이야기를 믿는 사람과 믿지
않는 사람이 있는 게 아닐까? 그건 어쩔 수 없는 일이야.
믿지 않는 사람은 사랑 같은 거 못 할지도 몰라.

그렇구나. 하지만 어른이 되어서도 사랑하잖아요.

그건 어쩔 수가 없어. 왜냐하면 옛날이야기에 나오는
사람들, 즉 마법사 같은 사람이 눈앞에 나타나는 거거든.

마법사? 아, 좋아하는 사람을 말하는 거예요?

응. 나를 행복하게 해줄 것 같은 마법사.

행복하게 해줄 것 같지 않으면 헤어지고요?

헤어지겠지. 헤어지지 않으면 점점 싫어지기도 하니까.

그렇구나. 그럼 이 사람은 어떻게 하면 좋을까?

옛날이야기는 잊어버리고, 조금만 좋아하면 되는 거 아냐?

그렇구나. 조금 좋아하기 위해서는 어떻게 하면 될까?

으흠, 나는 있지. 그 사람한테 벌레를 선물 받았어.

벌레요? 벌레 같은 걸 받고 기분이 좋았다구요?

가만 가만. 좀 들어봐, 들어봐. 그게 예쁜 벌레였거든.
여러 가지 색깔로 반짝이는 날개도 있고. 뭐. 죽은 벌레이긴
했지만. '예쁜 벌레가 있다구' 그러면서 나한테 선물하는 거
있지. 딱히 갖고 싶지도 않았는데. 아하하하하하.

굳이 안 웃어도 된다니까요.

그래서 그 벌레를 버릴 순 없어서 집에 놔뒀는데 맛이
없더라고. 하지만 그 벌레를 볼 때마다 그 사람 생각이
나곤 해.

아, 그렇구나. 그래서 좋아하게 된 거구나.

맞아 맞아. 아하하하하.

또 웃네.

역시 그 사람이 없는 데서 그 사람을 생각하면 좋아지는
거구나.

아! 맞아 맞아. 무조건 그래! 그래서 생각하고 싶은 사람이
있다면 생각해보는 거야. 진짜 좋아질지도 모르거든.

좋아한다고 다 잘되는 건 아니잖아요.

잘 안 되면 뭐 어때. 잘되는 게 어떤 건데?

서로 좋아하는 거 아닐까요?

서로 좋아하고 난 다음에는?

같이 놀아요.

그다음에는?

행복하게 살아요.

그거야말로 옛날이야기잖아. 절대 그렇게 안 된다니까. 좋아하기만 하면 그걸로 된 거야.

그렇구나. 좋아하는 것만으로도 즐거운 거구나.

하지만 좋아해서 괴로워지기도 하잖아?

있잖아. 괴롭지 않으면 사랑이 아냐.

작은곰 엄마도 괴로웠어요?

응. 어엄청 괴로웠어. 아하하하하하하하.

괴로웠다면서 웃고 있잖아요!

**"왠지 특별해져버리는 거야.
그 사람의 웃는 얼굴 같은 게."**

개복치를 집에서 키울 수 있는
방법이 있을까요?

○
○

개복치를 집에서 키울 수 있는 방법이 있을까요?

Answer

매일 꼭
물을 갈아줘야 해.

○
○

 개복치를 집에서 키우는 방법이 뭐냐고 묻네.

어떻게 하면 되려나?

 나도 개복치 씨가 곁에 있으면 좋겠다고 생각한 적이 있어.

왜?

 멍하니 있는 게 보고만 있어도 재미있으니까.

115

바다에서 파도가 밀려오고 멀어지는 걸 보는 거랑 비슷한 느낌인 거야?

응. 어쩐지 계속 보게 돼.

그래서 어떻게 하면 개복치를 집에서 키울 수 있는데?

집에서 키우는 건 어렵지 않을까? 바로 옆에 바다가 있지 않는 한.

역시 바다에서만 키워야 하나?

안 그러면 매일 꼭 물을 갈아줘야 해.

게다가 개복치는 커다랗잖아.

응. 가까이에서 보면 엄청 커. 게다가 헤엄을 잘 못 쳐서 좁은 공간에서는 부딪히고 다치니까 넓은 데가 아니면 키우기 힘들 것 같아.

그런 몸을 하고도 헤엄을 잘 못 치는구나.

머리만 있는 것 같지.

말이 심하네.

심하다기보다는…….

몸이 그래서 좋은 점은 없을까?

으앗. 몸이 왜 그렇게 된 거지?

'귀찮으니까 머리만 있으면 돼'라고 생각한 거 아닐까?

아하하하. 아닌 것 같은데.

그럼 왜 그런 몸이 된 거야?

그게 말야. 아빠나 누구한테 물어봐도 모르겠더라.

부르부르의 인생상담

🐴 수수께끼야.

🐶 내가 생각한 건 말야. 원래는 더 작은 몸이 되고 싶었던 거 아닐까?

🐴 허! 작아지지 못해서 머리만 남게 된 거야?

🐶 응. 몸집이 크면 많이 먹어야 하잖아. 많이 먹는다는 것은 다른 동물들을 많이 잡아먹는다는 거지.

🐴 응응. 다른 애들을 많이 잡아먹지 않아도 되게끔 더 작아지고 싶었다고?

🐶 응.

🐴 슬픈 이야기네.

🐶 아니, 내가 생각한 이야기야.

🐴 개복치는 금방 잡아먹히잖아.

🐶 응. 도망치지도 않아. 나도 잡을 수 있을 정도거든.

🐴 다른 동물은 별로 잡아먹고 싶지 않지만 자기가 잡아먹히는 건 괜찮다는 듯이.

🐶 개복치는 알을 엄청 많이 낳아. 1억 개나 2억 개나 3억 개쯤.

🐴 3억 개? 그럼 그걸 다 어떻게 해? 누가 먹는 거야?

🐶 응. 부화하는 건 두세 개뿐이라서 나머지는 다 누가 먹어버려.

🐴 마치 '나는 괜찮으니까 다들 날 먹어요' 하는 생선 같네.

🐶 '남에게 잡아먹히려면 몸집이 큰 게 좋지만, 몸집이 크면 다들 잡아먹어야 하니까 난 반만 있을래' 하는 생선 같지.

🐴 우오오오오! 왠지 슬퍼! 슬픈 이야기잖아!

아니, 내가 만든 이야기라구.

근데 개복치가 맛있어?

포로리 아빠가 그러셨는데 엄청 맛있대.

슬퍼!! 슬프다구!! 개복치는 대단해!!

아니, 다 내가 만든 이야기라니까…….

그건 그렇고, 개복치를 집에서 키우는 이야기는 어떻게
되는 거야?

개복치는 남들이 자길 잡아먹길 바라니까 집에서 키우면
안 되지 않을까?

과연 그렇구나. 집에서 키우면 안 되는 동물, 그것이 바로
개복치로군요.

응.

일에서 보람이나 즐거움을
찾을 수가 없어요.

○
○

저는 현재 서비스업에 종사하고 있는데요. 일에서 보람이나 즐거움을
못 찾겠어요. 그래서 매일 출근할 때나 심지어 휴일에도 '얼마 안 있으
면 일해야 하는구나'라는 생각에 늘 기분이 씁쓸해요.
그만두겠다고 말하면 될 텐데, 사실 제가 일을 잘 못해서 마치 도망가
는 것 같아 찜찜하고, 무엇보다 상사가 무섭습니다. 대체 어떻게 하면
될까요?

다 자기가 살려고
일하는 거야.

○
○

😊 포로리야. 서비스업이 뭐야?

🐿 서비스니까 누군가에게 서비스해주는 일 아닐까?

😊 우와, 어떤 서비스?

🐿 잘은 모르지만. 포로리가 아빠랑 엄마를 돌봐드리는 것도
서비스업인지 모르겠네.

그럼 이 사람도 대단한 거잖아.

하지만 보람이나 즐거움이 안 느껴진대.

포로리는 어때?

포로리는 보람이나 즐거움 때문에 하는 게 아닌걸. 안 하면 안 되니까 하는 거야.

으흠, 그렇구나.

하지만 아빠랑 엄마가 조금이나마 상태가 좋아지시는 날은 좀 즐거워. '고마워'라는 말을 듣는 날도 조금 기뻐.

그게 포로리한테는 보람이나 즐거움이구나.

그런 거 같아. 하지만 아빠랑 엄마 집에 갈 때는 역시 기분이 찜찜해서 '아, 안 가고 싶다' '오늘은 쉴까' '그냥 다 때려치워버릴까' 생각도 해.

다 때려치운다구?

그런 거 물고 늘어지지 말고. 어쨌든 보람차고 즐거운 일은 거의 없지 않아? 누가 조금 칭찬해주거나 고맙다는 말을 들었을 때 좀 즐거워질 뿐이지.

그럼 이 사람이 즐겁지 않은 건 칭찬이나 고맙다는 말을 못 들어서일까?

응. 일을 잘 못한다고 써 있어.

그렇구나. 그럼 조금 더 열심히 해보는 게 좋으려나?

그럴지도 모르지. 그러면 조금씩 일을 잘하게 될지는 모르겠지만, 그런데도 아무도 칭찬해주지 않고 고맙다는 말도 안 해주는 직장이라면 관둬버리는 게 어때?

뭐? 그만두라고?

🐴 그보다 일을 잘하게 되면 아무도 칭찬해주지 않더라도 상관없어.

🦭 어째서?

🐴 내가 이제껏 일을 제대로 해왔다고 생각하면 아무도 칭찬 안 해줘도 스스로 자신이 생기니까.

🦭 아, 그런 거구나.

🐴 자기 일에 자신이 생기면 그다음부터는 자기가 자기를 칭찬해주면 돼.

🦭 그렇구나. 포로리는 역시 대단하네.

🐴 포로리는 생각해. 다들 뭐 때문에 일하는 걸까? 뭘 위해서 하고 싶지도 않은 일을 하고 있는 걸까?

🦭 음, 뭘 위해서일까? 살기 위해서?

🐴 보노보노, 오늘은 추임새만 넣기로 한 거야?

🦭 그게, 오늘 포로리는 어쩐지 무서워…….

🐴 다들 '즐거운 일'이나 '사는 맛이 느껴지는 일' 같은 이야기에 속고 있는 거라구.

🦭 뭐어? 속고 있다구?

🐴 그래!!

🦭 누가 속이는데?

🐴 우리 모두에게 일 시키는 사람이.

🦭 그 사람들은 어디 있는데?

🐴 우리들 근처에 있을 거야.

그럼 그 사람들이 나쁜 거야?

아니. 그 사람도 누가 시킨 것뿐이야.

그럼 원래는 일 안 해도 돼?

아니. 일해야 돼. 자기 자신을 위해서.

자기를 위해서구나.

그래. 보람이나 즐거움을 위해서 일하는 게 아니야. 자기를 위해서 일하는 거잖아. 다 자기 살려고 일하는 거야.

하지만 말야. 그렇다면 즐거움 따윈 하나도 없는 거야?

있어. 있지만 그건 딱히 일에 있는 게 아니야.
같이 일하는 사람 때문에 즐겁거나, 퇴근길이 제일 좋거나,
휴일이 제일 반가운 것 같은 거야. 그리고 어딘가에 가거나
맛있는 걸 먹거나. 일하는 거랑은 전혀 상관없는 곳에
즐거움이 있는 거야. 그리고 그건 일을 안 하면
맛볼 수 없는 거라구!!

그렇구나. 그렇지. 일하니까 맛볼 수 있는 거지.

맞아. 언젠가부터 다들 오해하고 있었다고나 할까,
속고 있었어.

나 오늘 엄청 공부됐어.

아까는 나한테 무섭다고 해놓고.

응. 무서웠어…… 이 사람, 힘낼 수 있을까?

잘은 모르지만, 다들 지금 내 모습이 끝이 아니야. 조금 더
다른 내가 될 수 있어.

하지만 살아 있는 건 지금의 나잖아.

응. 정말 그렇지. 그래서 어려워. 아, 그래서 '이런 사람이 되고 싶어'라고 생각할 만한 사람이 곁에 있으면 좋을 텐데. 그럼 다른 생각도 할 수 있을 텐데.

포로리는 '이렇게 되고 싶어'라고 생각하는 누군가가 있어?

응?!

…….

으흠. 어렵다…….

…….

앗!!

있어?!

프레리독.

그렇구나!! 그러네!!

보노보노는?

야옹이 형.

역시…….

" 보람이나 즐거움을 위해서 일하는 게 아니야.
자기를 위해서 일하는 거잖아. 다 자기 살려고 일하는 거야. "

동성 친구를
좋아하게 됐어요.

○
○

동성 친구를 좋아하게 되었습니다. 어쩌면 친구로도 지내지 못할 거라
는 생각에 무서워서 고백을 못 하겠어요. 끝까지 짝사랑만 해도 괜찮을
것 같아요.
하지만 저는 그 사람에 대해 아무한테도 말 안 하고도 살 수 있을 정도
로 씩씩하지 못해요. 저의 이런 모습을 누군가 괜찮다고 해줬음 좋겠어
요. 그래주실래요?

그것도
평범한 사람이랑 똑같아.

○
○

😊 동성 친구를 좋아하게 되었다니. 그런 거 자주 있는 일
아닌가?

🐴 '좋아하게 되었다'에서의 '좋아'가 보노보노랑은 다른 거
아닐까?

😊 아니. 사랑하는 것처럼 좋아하는 거잖아. 나도 그런 적 있어.

🐴 뭐어! 보노보노도?

125

응.

누구를?

어렸을 때 만난 범고래 아이.

아, 다행이다! 포로리나 야옹이 형인 줄 알았어…….

그 범고래 아이는 이비라고 하는데 진짜 귀여운,
아니 예쁜 범고래 아이야.

그렇지, 그런 거 있지. 포로리도 남자 아기 다람쥐한테
선물 받은 적 있어.

이런 일이라면 다들 있지 않을까? 말 안 할 뿐이지.

있어 있어. 계속 좋아하는지 어떤지는 몰라도.

응. 이다음에도 계속되는지 아닌지만 다른 것 같아.

보노보노는 이비랑 어떻게 됐어?

이비는 범고래 섬에 살아서 자주 못 만나다보니까
얼마 안 가서 잊었어.

그렇게 되더라. 머지않아 잊힐 뿐이야.

하지만 아직도 이비가 생각나. 무지 신기한 느낌이야.

응응. 신기한 느낌이야. '지금은 뭐 하고 있을까'
그런 생각도 하고.

똑같네. 여자아이를 좋아할 때랑.

응. 그래서 이 사람은 계속 좋아해도 딱히 이상하지 않을 것
같아.

하지만 고백하면 상대방이 싫어할지도 몰라.

그것도 평범한 사랑이랑 똑같아. '미워하면 어떡하지' 하는 거 말야.

차라리 말 안 하는 게 낫겠다고 생각하는 것도.

꼭 고백해야 되는 것도 아니고 가만히 있어야 되는 것도 아니지 않나. 조만간 상대가 눈치챌지도 모르지만.

뭐? 눈치채면 어떡해?

그때는 정식으로 얘기할지 말지를 결정해야 하지 않을까?

결정해야 한다고는 하지만 힘든 일이지.

다들 힘든 일에서 도망치려고 하기 때문에 더 힘들어져.

도망치지 않으면 돼?

응. 만약 상대가 눈치채면 어떻게 할 건지를 지금부터 정해놓는 거야.

그렇구나. 미리부터 정해두면 좋은 거구나.

그래도 힘들겠지만.

역시 힘들구나…….

보노보노, 사는 건 힘든 거야. 힘들지 않게 사는 법 따윈 없어.

응응응응.

힘들어서 재미있고, 힘들어서 즐겁기도 해. 힘든 것으로부터 도망치려고 하면 뭐가 재미있는지 모르는 날들이 펼쳐질 뿐이야.

으흠. 아무 할 일도 없는 날 같은 건가. 아무 할 일도 없는 날에는 똥이랑 오줌만 싸지 않아?

그건 모르겠는데요.

음 그러니까, 음 가만있자…… 하지만 말야.
이 사람, 앞으로 동성만 사랑하게 될지도 모르잖아.

응. 하지만 그렇게 된다 해도 어쩔 수 없는 거고.

다른 사람들하고 달라서 힘들겠네.

또 힘들다고 하네.

아, 그렇구나. 미안 미안.

뭐, 힘들겠지. 하지만 살다보면 다들 아프기도 하고
다치기도 하고 좋아하는 사람이 죽기도 하잖아. 그러면서
조금씩 남들과는 다른 인생이 되는 거 아냐?

남들과는 다른 인생이 된다구?

응. 아픈 적 없는 사람과는 다른, 다친 적 없는 사람과 다른,
좋아하는 사람이 죽거나 한 적 없는 사람은 이해할 수 없는
인생이 되어버리는 게 아닐까.

아, 그렇구나. 하지만 다른 경우에도 그래. 태풍 피해를
봤다거나, 지진이 났다거나 해일도 그렇고.

응. 더 힘든 일을 겪은 사람도 있고. 다들 조금씩 남들과는
다른 자기만의 인생이 되는 거야.

그렇구나. 헤어지는 길목 같은 건가.

헤어지는 길목이지. 거기서부터 지금까지와는 다른 인생이
되어버리니까.

하지만 말야. 아파보면 아파본 적 있는 사람과 똑같아지는
거 아냐?

아.

다쳐보면 다쳐본 적 있는 사람과 똑같아지고, 좋아하는 사람이 죽은 사람은 좋아하는 사람이 죽은 사람과 똑같아지는 거네.

아, 맞아 맞아. 다른 사람과 똑같아지는 거야.

그렇다면 나를 알아주는 사람이 어딘가에는 꼭 있는 거네?

맞아 맞아. 그렇지. 하지만 자기가 먼저 자기를 알아주어야 하는 거야.

그렇구나. 누가 알아주길 바라기 전에 자기가 먼저 자기를 알아주는 게 좋구나.

아니. 다들 자기 자신보다 남들이 더 알아주기를 바라.

어째서?

왜 그럴까? 분명 다들 외로워서 그런 거야.

그렇구나.

" 헤어지는 길목이지.
거기서부터 지금까지와는 다른 인생이 되어버리니까. "

살 빼는 법을
알려주세요.

○
○

살을 빼고 싶은데 자꾸 먹게 돼요. 그래서 다이어트에 계속 실패합니
다. 맛있는 걸 먹고 싶지만 운동도 해야 하고…… 생각만 할 뿐이지 좀
처럼 실행하지 못합니다. 어떻게 하면 살을 뺄 수 있을까요?

Answer

배부른 게
싫어서 말야.

○
○

😊 마르고 싶대.

🐶 왜 마르고 싶을까?

😊 뚱뚱한 것보다 나아서 아닐까?

🐶 그건 그렇네. 뚱뚱하면 무겁고 괴로워 보여.

😊 포로리야. 살 빼려고 한 적 있어?

아니. 없어.

나도 없어. 마른 누군가한테 물어볼까?

누구?

으흠.

…….

맞다! 야옹이 형이 예전엔 뚱뚱했었지!

뚱뚱했다기보다는, 언젠가부터 말랐지.

야옹이 형. 저예요, 보노보노예요.

보면 알아. 무슨 일인데.

살 빼고 싶은 사람이 있는데 어떻게 하면 살을 뺄 수 있을까요?

그런 걸 왜 나한테 묻는 거야.

야옹이 형도 살 뺐잖아요.

응. 예전에는 빵빵했었지.

뭐야. 빵빵했다니.

어떻게 살 뺐어요?

옛날 일이잖아. 잊어버렸어.

어떻게 살 뺐는지를 잊어버렸어요?

어떻게 살 뺐는지를 잊어버리게 되나?

숨기는 거 아니에요?

숨겨서 뭐 하게.

다른 사람들 몰래 또 살 빼는 거 아니에요?

왜 사람들 몰래 살을 빼야 하는데.

야옹이 형, 어떻게 살 뺐는지 기억해봐요.

어떤 나쁜 음식을 먹고 설사했어.

거짓말이네요.

거짓말인지 어떻게 알아.

얼굴에 써 있어요.

응? 어디에?

보노보노, 가만히 있어줄래?

계속 물고기만 먹어서 그런가.

그것도 거짓말이네요.

나는 물고기밖에 안 먹어.

야옹이 형이 나무 열매 먹고 있는 거 본 적 있는데요.

풀 먹는 것도 봤어.

풀은 됐고. 역시 뭔가 숨기고 있어. 혹시 대단한 다이어트 비법이라도 있는 거 아니에요?

그런 거 없다구.

맞다. 린네 아빠 울버 아저씨는 개구리 먹는 걸 끊었더니 살이 빠졌다고 했어.

개구리 따윈 아무도 안 먹어!

그럼 울버한테 물어보면 되잖아.

그 아저씨는 이상한 것만 잔뜩 먹으니까 도움이 되질
않아요!!

살 빠지는 버섯 같은 거 알고 있을 것 같은데.

안다고 해도 마르지 않았잖아요.

과연 그렇군…….

'과연 그렇군'이라니요. 이 사람을 위해서 뭘 좀
가르쳐주세요.

근데 살은 빼고 싶고, 맛있는 건 먹고 싶고. 어떻게 해야 돼?

그건 그렇네요. 결국 진심으로 살 빼고 싶은 게 아닐지도
몰라요.

아니, 진심이 아니더라도 살 빼는 방법을 알고 싶은 거
아냐?

뻔뻔하네요.

포로리는 벌레를 싫어하니까.

(*일본어로 '뻔뻔하다'는 '벌레가 좋다'와 동음 이의어다.)

그 벌레가 아니라니까!! 왠지 빨리 집에 가고 싶어졌어……
야옹이 형, 부탁이에요. 가르쳐주면 얼른 집에 갈게요.

으흠. 난 일부러 살 빼려고 한 게 아니야.

오. 무슨 말이에요?

배고픈 게 좋아진 것뿐이야.

배고픈 게 좋아졌다고요?

응.

왜 그런 건데요?

배가 고프면 머리가 맑아지거든.

머리가 맑아지면 뭐 좋은 일이라도 있어요?

아무것도 없어. 그냥 맑아지는 거지.

그걸로 살이 빠졌다는 거예요……?

그러니까 배부른 게 싫어진 거라고.

하아…… 배가 부른 게 왜 싫은 건데요?

뭔가 쓸데없는 짓을 하는 느낌이 들어서.

쓸데없는 짓이라…….

야옹이 형은 먹는 거 안 좋아해요?

그게 말이지. 배고픈 게 좋아지면 먹는 것도 좋아져.

네? 어째서요?

조금만 먹으니까.

아아.

맛있는 것만, 그것도 조금씩 먹으면 점점 먹는 게 좋아지는 거야.

그렇구나. 그러면 되겠네!

하지만 먹는 게 점점 좋아져서 더 많이 먹는 사람도 있잖아.

그건 먹는 걸 좋아하는 거니까 그 나름대로 괜찮지.

살이 찌더라도요?

살이 찌더라도 먹는 게 좋은 거잖아.

살이 너무 쪄서 병에 걸려도요?

살이 너무 쪄서 병에 걸리더라도 먹는 게 좋다면
어쩔 수 없지.

으흠. 그럼 행복할까?

먹고 싶은 걸 먹었으니 그런 행복이 또 없지.

그럼 야옹이 형은 어때요? 별로 안 먹는데도 행복해요?

으흠. 좋아하는 걸 고르느냐, 행복한 걸 고르느냐 아닐까.

그렇구나. 야옹이 형은 좋아하는 걸 고른 거구나.

야옹이 형. 배가 고파서 머리가 맑아지는 건
어떤 느낌이에요?

뭐에 대해서든 생각할 수 있게 되는 거야.

뭐에 대해서든요?

응. 사실은 그런 기분이 드는 것뿐이지만.

뭐에 대해서든 생각할 수 있게 되는 건 어떤 느낌일까요?

뭐에 대해서든 생각할 수 있게 될 것 같은 느낌이지.

뚱뚱해져봤더니

착한 일을 해도

뚱뚱한 착한 녀석

너부리는 뚱뚱해져보니 어때?

너부리~

못된 짓을 해도

뚱뚱한 못된 녀석

머~엉

응?

그냥 헤엄을 쳐도

헤엄치는 뚱뚱한 녀석

첨벙첨벙

아빠한레 느닷없이 얻어맞는 거 말고는.

딱히 없어.

뭔가 달라진 것 있어?

엄청 슬픈 일이 있어서 울고 있어도

엄청 슬픈 일로 울고 있는 뚱뚱한 녀석

어쩐지 뭘 해도 뚱뚱한 녀석이라는 말을 들을 것 같고.

으흥~ 뚱뚱해지니 눈에 띄어.

뚱뚱해 져보니까 어때?

〈보노코레〉 3권 35쪽에서

마음을 솔직하게
표현 못 하겠어요.

○
○

살면서 여러 번 생각하고 느끼는 것들이 있어요. 하지만 그게 말로 표
현이 안 될 때가 있습니다.

저는 제 마음을 솔직하게 표현하지 못하거든요. 그런 자신이 너무 답답
해서…… 스스로 자신감이 없어졌어요.

이 감정의 파도에 어떻게 맞서면 될까요?

Answer

생각한 걸 말 안 하면
뭘 말하는데?

○
○

생각을 말로 표현할 수 없다는 게 무슨 뜻일까?

자기감정을 솔직히 말할 수 없다는 뜻이겠지.

어째서?

자신감이 없어서일까. 말하면 누가 반대할 것 같다거나
'슬프다' '싫다' 이러면서 화낼 것 같다거나. 그런 생각
때문에 자기 기분을 확실히 드러내지 못하는 것 같아.

🐾 그렇구나. 난 어떻게 말해야 좋을지 모르겠다는 뜻인 줄 알았어.

🐰 어떻게 말해야 좋을지 모르겠다니?

🐾 예를 들면 길을 걷다가 땅바닥을 볼 때, 갑자기 옛 감정이 막 떠오르지 않아?

🐰 그리움 같은 거야?

🐾 그리움이라기보다, 오랜만에 풀밭에서 뒹굴고 있을 때 갑자기 옛날에 느꼈던 기분이 부웅 떠오르곤 하지 않아?

🐰 왠지 알 것 같기는 한데, 그게 어떤 느낌이야?

🐾 그게 뭔지 모르겠어. 그걸 설명할 말이 떠오르지 않는 건지, 그런 단어가 있긴 한 건지.

🐰 아. 포로리는 하늘을 볼 때 느꼈어. 역시 그리움 같은 거 아냐?

🐾 그리운 건 맞는데 그게 다가 아니야. 아, 어떻게 말하면 될까.

🐰 그럼 단어를 만들어버려.

🐾 뭐? 만들어버리라구?

🐰 보노보노가 아까 말한 풀숲에서 뒹굴 때의 느낌은 '풀 떠올림'이라든가.

🐾 아하하하하. 풀 떠올림. 맞아 맞아. 풀숲에서 뒹굴 때 풀 떠올림을 느꼈어.

🐰 아아, 풀 떠올림 말이구나. 나도 자주 그래.

🐾 아하하하하하.

🐰 보노보노, 포로리가 하늘을 볼 때 느낀 건 뭐라고 말해?

어, 있지…… 음, 뭐냐면…… 그건 있지. '하늘 멈춤'이지.

아하하하하하. 하늘 멈춤. 있어 있어, 하늘 멈춤 자주 있지.

나도 그래, 나도 그래. 하늘 멈춤은 재미있지.

아하하하하하하.

아하하하하하하하하.

그 밖에도 아직 이름이 없는 느낌은 더 많을 거야.

응. 그런 건 다들 어떻게 말해야 할지 몰라서 누군가에게 말하기도 그럴 거야.

분명 많을 거야.

그렇지.

뭐, 그건 그렇다 치고.

이 사람 상담하는 중이었지.

이 사람의 경우에는 역시 자신이 없어서 그런 것 같아.

그건 나도 똑같아. 내가 말할 차례가 아니면 말 안 하기도 하고.

응응. 누군가 말하려고 하는 것 같으면 또 말 안 하고.

그리고 역시 말해봤자 알아주지 않을 것 같을 때도 말 안 해.

그런 것도 있지. 포로리도 아로리 누나에게는 더 이상 아무 말도 안 해. 맞기만 하니까.

너부리는?

너부리랑 누나는 생각한 걸 그대로 말하지. 얄미울 때가 있어.

우리들은 말하고 싶어도 말 못 할 때가 있는데도?

그래. 제멋대로지.

제멋대로라기보다는, 너부리랑 포로리 누나는 미움받아도 상관없다고 생각하는 거 아닐까?

그런 건 있지. 누가 미워해도 아무렇지도 않게 여긴달까.

이 사람 역시 미움받아도 괜찮으니까 뭐든 이야기하면 되지 않을까?

그런데 그게 잘 안 되겠지.

그렇구나…….

하지만 어째서 미움받아도 괜찮은 걸까?

[너부리네]

뭐야. 뭐 하러 왔어.

너부리한테 물어보고 싶은 게 있어서.

너부리는 말야. 남한테 미움받아도 아무렇지도 않아?

뭐어? 갑자기 무슨 소리야. 아, 또 상담이야?

응. 자기 마음을 솔직하게 표현할 수 없대.

그걸 왜 나한테 묻는 거야.

너부리는 생각한 걸 뭐든 툭툭 말하잖아.

뭐야, 툭툭이라니. 당연하지. 생각을 말 안 하면 뭘 말해.

보통은 생각하더라도 말하지 않는 사람이 더 많아.

왜 말 안 하는데?

말하면 상대방이 싫어하니까.

난 말야. 그런 것까지 신경 쓰면서 말해야 한다면 식물에게 말 거는 게 낫겠어.

너부리는 알 수가 없겠네.

말을 해봐야 싫어할지 안 싫어할지도 알지.

그럼 포로리도 말해볼까?

뭐야. 말해봐.

아니. 그냥 안 할래.

말해! 말 안 하면 모르잖아!

말 안 해.

말하라고!

말 안 해.

포로리야. 말 안 하니까 기분이 어때?

응? 기분이 어떠냐니. 어쩐지 갑갑한 것 같기도 하고…….

그런 기분은 뭐라고 하는 거야?

뭐라고 하느냐니. 음, 가만있자. 음, 그러니까……
'갑갑이 갑갑'인 느낌.

갑갑이 갑갑!! 아하하하하.

뭔 소리야.

너부리는 몰라.

포로리야, 이번엔 말해봐.

응?

말해보면 너부리의 마음을 알지도 몰라.

내 마음?

…….

말해!

너부리는 늘 제멋대로야!

뭐라고오!!!

거봐. 기분 나빠하잖아.

포로리, 말하고 나니까 어때?

이번에는 '좋은 통함'이네.

아하하하하. 좋은 통함! 아하하하하.

뭐가 웃겨!

이 사람은 좋은 통함이 되고 싶은 걸까?

뭐가 좋은 통함이야. 딱 보니까 그냥 좋아하는 거 하면서 사는 녀석으로 보이는데.

확실히 그래 보이긴 해.

스스로 솔직하게 살고 싶다고?

그래 그래.

안 돼. 그렇게 살 수는 없어.

너부리가 그래?

남한테 신경 쓰느라 자기 생각을 말하는 게 잘 안 되는 거야. 말 안 하면 될 거를 말해버려서 다들 날 싫어한다구.

하지만 미움받아도 아무렇지 않잖아.

응. 아무렇지도 않아.

어떻게 미움받는데도 아무렇지가 않아?

아무리 미움 안 받으려고 해도 어차피 누군가는 미워하기 때문이야. 그럴 바에는 날 미워하는 녀석이 다가오지 못하게 해두는 게 속 편하지.

하지만 친구가 없어지잖아.

친구는 한 명이나 두 명만 있으면 되는 거야. 게다가 하고 싶은 말을 안 하면 그 친구조차 없어진다고.

그건 그렇겠다……

그럴 바엔 생각한 걸 말하는 게 낫지.

그게 되면 이 사람도 고민 안 하겠지.

그렇군, 그렇군! 다들 자기와는 다른 삶의 방식을 동경하는걸. 뭐, 됐어. 잠깐 이리로 와봐.

[텐 모자네]

봐. 저기 텐 모자가 있지.

아. 하얀 텐 엄마랑 아이네.

아빠는 없어?

있었는데 어디 가버렸어.

엄마 혼자서 아일 키우는 거구나.

저 엄만 계속 애만 보느라 하고 싶은 것도 못 하고, 하고 싶은 말도 못 하고, 가고 싶은 데도 못 가잖아. 그런데도 계속 싱글벙글이야.

그렇게 보일 뿐이지 속으론 엄청 참고 있는 거 아냐?

그럴지 몰라도 나한테는 자기 기분 따위 깔끔하게 버리고 사는 것처럼 보여. 부러워. 닮고 싶어.

너부리가? 정말?

저 엄마는 누군가 자기를 부러워하고 있다는 거 모르겠지.

정말.

너부리, 그런 마음을 뭐라고 해?

뭐? 그런 마음이라니?

누군가를 부러워한달까, 동경하는 마음 말이야.

…….

…….

…….

'멀리서 봄.'

멀리서 지켜본다는 거야?

멀리서 봄. 왠지 괜찮네.

응.

친구 때문에
　　　짜증 나요.

　　○
　　○

저는 고등학생인데요. 저에게는 항상 같이 다니는 동성 친구가 있어요.
예전에는 아무렇지도 않았던 그 애의 행동에 요즘은 짜증이 나곤 합니
다. 싫어하는 건 아닌데 왜 짜증이 날까요……?

떨어져 지내보다가 허전하면
화해하면 돼.

　　○
　　○

😌 짜증 나는 행동이란 게 뭘까?

🐴 그건 안 써봐서 모르겠지만 왠지 알 것 같아.

😌 이런 거 가족한테도 있지.

🐴 있어 있어. 왠지 너무 붙어 있어서 짜증 나는 거.

😌 욱했다가 반성하게 돼.

응. 짜증 나서 화풀이하고는 사과하러 가.

그렇게 신경 안 써도 되는 거 아닐까?

응. 미안하다고 하면 돼.

왜 짜증이 나는 걸까?

난 별로 재미없는데 상대방은 여전히 재미있어 보여서 아냐?
아니면 어쩐지 상대가 우위에 있는 것 같은 관계가
된 걸지도 몰라.

뭐가 나쁜 걸까?

뭐가 나쁜지가 중요한 게 아냐. 둘 다 뭐가 나쁜지 모르니까.
하지만 이런 관계가 되면 조만간 헤어지게 될지도 몰라.

이 사람, 헤어지고 싶지 않은 걸까?

글쎄…… 헤어지고 싶지 않다면 화해해야겠지만,
어쩌면 헤어져도 조만간 다시 만나게 될지도 몰라.

응응. 한번 떨어져 있어보는 게 좋을지도 몰라.

응. 떨어져 지내보다가 허전하면 화해하면 돼.

그럼, 그걸로 된 건가?

이런 건 너무 복잡해지지 않는 게 좋은데.

복잡해지다니?

서로 괴롭히거나 괴로워질지도 모르잖아.

아.

헤어지면 또 서로를 신경 쓰고.

응응응.

그러다 결국에는 서로 잘잘못을 따지게 될지도 몰라.

응, 그렇지.

헤어지는 건 어려워.

응. 헤어지고 더는 안 만나면 괜찮은데, 헤어지고 나서도 가까이에 있으니까.

좋은 헤어짐이란 없을까?

으흠. 역시 가까이에 없는 게 좋지.

헤어지는 건 나쁜 거라고 생각하는 거 아냐?

헤어진 건 나쁜 게 아니구나.

평생 사귀는 게 제일 좋은 거라고는 생각 안 해.

그렇지.

평생 사귀는 건 어려워. 다들 그게 안 돼서 상처받기도 하고.

아, 연인이나 부부처럼?

평생 함께하려고 무리를 해.

실제로는 평생 함께할 수 없는 걸까?

응. 왜냐하면 다들 꼭 질리거든.

뭐든 질리지. 질린다는 건 뭘까?

재미없어지는 거지.

그럼 재미없어져도 참아?

응. 참는 사람이 많을 거라고 봐.

재미없는데 왜 참는 걸까?

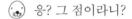

포로리도 그 점이 중요하다고 생각해.

응? 그 점이라니?

친구건 가족이건 부부건, 재미없어지잖아.

응·응·응.

재미없더라도 계속해나가면 '재미없는 것도 괜찮네'라고 생각하게 되는 거지.

왜 괜찮은데?

음. 왠지 편안하니까.

아. 편안하구나. 편안한 거 좋아.

그러니까 다들 편안해지고 싶어서 참는 걸지도 몰라.

그렇구나. 그럼 편안한 게 가장 가치 있는 걸까?

그건 잘 모르겠지만, 편안함이란 즐거움이나 기쁨이나 재미를 뛰어넘은 거야.

응·응. 편안하다는 건 신기해.

'뭐. 이만하면 됐어' 싶은 거지.

아, 맞아.

해달이

되고 싶어요.

ㅇ

ㅇ

저는 해달이 되고 싶어요. 조개를 들고 바다에 떠다니면서 자이언트 켈
프(*다시마, 미역 등의 해조류를 일컫는다)를 둘둘 감은 채로 대낮까지
자고 싶어요.

어떻게 하면 해달이 될 수 있나요?

Answer

아하하하하.

ㅇ

ㅇ

🐿️ 아하하하하하. 어떻게 하면 해달이 될 수 있냐고 묻네.

🦭 해달 흉내라면 누구든지 낼 수 있는데.

🐿️ 조개를 들고, 바다에 떠다니면서 자이언트 켈프를 둘둘
   만 채로 대낮까지 잘 수 있지.

🦭 바닷가에 갈 때 해보면 되지 않을까?

해달은 그거 말고 뭘 해?

물고기도 잡고, 조개도 잡고, 털 고르기도 해.

싸움은 안 해?

바다사자랑 상어가 무섭긴 한데 싸우지는 않아.

맞아 맞아. 바다사자랑 상어한테 잡아먹히는 한이 있더라도 해달이 되고 싶은 걸까?

진짜 되고 싶은 걸까?

하지만 해달은 이상해. 바다에 있는데 지느러미랑 물갈퀴도 없고.

린네 아빠가 그랬는데, 해달은 원래 육지 생물이었대.

뭐? 해달이 육지에 있었어?

족제비랑 수달하고도 닮았잖아. 그래서 나는 헤엄을 잘 못 쳐.

뭐? 처음 알았어! 충격이야!

나도 린네 아빠한테 들었을 때 깜짝 놀랐어.

그런데 왜 바다에서 살려고 한 거야?

왜냐니. 나는 태어났을 때부터 바다에 있었으니까 모르지.

왜 육지가 아닌 바다에서 살려고 한 걸까?

으흠. 왜일까?

'바닷가가 더 좋아'라고 생각한 적이 있을 것 같아.

나는 숲이 더 좋은데.

하지만 보노보노 아빠는 숲에 별로 안 오더라.

응. 아빠는 바다가 더 좋은가봐.

그렇구나. 보노보노 아빠한테도 물어보자.

[보노보노네]

아빠, 아빠.

이야. 보노야.

아빠. 해달이 예전에는 육지 생물이었대.

에…에!! 정…말이야?

아빠, 몰랐어?

아니, 알…고 있었…어.

그럼 왜 놀란 거예요?

놀라는 걸 더 좋아…하지 않을…까 싶어서.

아하하하하.

뭘 그리 웃고 있어요. 아저씨, 해달은 '바다가 더 좋아'라고 생각한 적이 있을 것 같은데요. 그 이유는 무엇일까요?

음, 모르…겠네. 누구한…테 물어보는 건 어…때?

지금 아저씨한테 물어보고 있잖아요.

아빠는 바다를 더 좋아하지?

응.

왜 바다가 더 좋아?

으흠. 맛있…는 게 많아…서…랄까.

그렇지. 바다에서 난 게 더 맛있다는 얘기도 있잖아.
역시 음식 때문인가.

그리고 바다를 보고…는 놀랐…을 것 같아.

바다를 보고 놀라서 '여기서 살고 싶어!'라고 생각했군요.

그렇지. 누구든 바다를 보면 놀라는걸.

그리고 바다는 넓…고 아무도 없다고 생각…한 게 아닐까.

그렇구나. '맙소사, 여기엔 아무도 없다'라고 생각했나요?

하지만 바다에 들어…가 보면, 많이 있…다는 걸 알게 되지.

실제로 바닷속엔 물고기 같은 것도 많아서 또 한 번
놀랐겠구나. 후훗. 그리고 다른 건요?

으흠. 뭐가 있…을…까.

뭔가 더 결정적인 게 있었건 건 아닐까요?

헤엄쳐봤더니 재미있었던 거 아닐까?

아니, 더 결정적인 게 있을 거야.

조개나 성게…를 쉽게 잡…을 수 있…어서.

그거 말고, 더더욱 결정적인 게 있을 거예요.

뭘까?

바다에 살…면 집이 필요 없…기 때문 아…닐까.

과연 그렇네! 육지에 살기 위해서는 집이나 둥지가
꼭 있어야 하지만 바다에서는 없어도 돼!

집이 없으면 청…소 같은 거 안 해…도 돼.

맞아, 그건 큰 이유네요!! 청소 안 해도 되는 거, 커요!

🦦 그리고 또 집이 없으⋯면 아무것도 망⋯가지지 않지.

🐴 오오! 틀림없이 집이 없으면 아무것도 망가지지 않지⋯⋯
라니요! 그건 당연한 얘기잖아요!!

🦦 포로리야. 난 생각해봤는데, 만약에 바다에 들어간 해달이
딱 한 마리였다면 다들 바다에서 안 살았을 것 같지 않아?

🐴 응? 딱 한 마리였다면?

🦦 첫 번째 해달은 바닷가에서 살기로 했다고 해도, 역시
두 번째 해달이 있었기 때문에 모두에게 전해진 게 아닐까?

🐴 하하. 하긴 두 번째가 있었겠네. 그렇다면 왜 두 번째 해달은
자기도 바다에서 살겠다고 생각한 걸까?

🦦 으흠. 그건 모르겠는데.

🐴 첫 번째가 바다에 있는 걸 보고 자기도 그렇게 해보고
싶었던 거겠지.

🦦 ⋯⋯.

🦦 ⋯⋯.

🐴 알겠다!! 이 사람하고 똑같은 거야!!

🦦 응? 이 사람하고 똑같다고?

🐴 결국, 첫 번째 해달이 조개를 들고 바다에 떠다니면서
자이언트 켈프를 둘둘 감고 대낮까지 자는 걸 보고,
두 번째 해달 역시 자기도 그렇게 해보고 싶었던 거겠지.

🦦 아, 그렇구나.

🦦 과⋯연 그렇⋯구⋯나.

" 해달 흉내라면 누구든지 낼 수 있는데. "

" 조개를 들고, 바다에 떠다니면서
자이언트 켈프를 둘둘 만 채로 대낮까지 잘 수 있지. "

남들과 이야기를
　　　　나누는 데 서툴러요.

저는 다른 사람과 이야기를 나누는 데 서툴러요. 특히 처음 만난 사람
하고는 무슨 이야기를 하면 좋을지 몰라서 당황하다보면 대화가 끊겨
버립니다. 처음 본 사람하고도 재미있다는 듯이 술술 이야기하는 친구
를 보면 참 부럽습니다.
어떻게 하면 대화를 이어나갈 수 있을까요? 보노보노랑 포로리, 알려주
세요.

Answer

어른인 척하는 게
좋아.

🐹 남들과 이야기를 나누는 게 서툴구나.

🐭 이거 포로리가 잘 알아. 난 어른이나 우리 할아버지랑
　이야기를 잘 못 해.

🐹 나도 그래. 큰곰 대장이나 모르는 누군가와는 이야기를
　잘 못 하겠어.

🐭 세상 살아가는 이야기를 못 하는 거지. 날씨 이야기나 주변

이야기나 다른 사람에 대한 소문 같은 거 말야.

나도 못 해. 그런 이야기가 뭐가 재미있는지 모르겠어.

모르겠지. 빨리 집에 가고 싶어져. 하지만 보노보노는
야옹이 형이랑 이야기 잘하잖아.

야옹이 형도 처음에는 무서워서 잘 못 했어.

어떻게 이야기할 수 있게 됐어?

야옹이 형도 어른들하고는 이야기 잘 못 하더라고.
그걸 보니까 조금 이야기할 수 있게 됐어.

그렇구나. 이야기 잘 못 하는 사람들끼리는 잘할 수
있을지도 몰라.

응. 조금씩 이야기할 수 있게 되면 돼.

그리고 또 어른인 척을 하면 좋지.

어른인 척?

도로리 누나는 어렸을 때부터 대놓고 어른인 척을 했어.
어른인 척하면 어른이라고 칭찬받았거든. 흉내 내는 사이에
점점 누나는 진짜 어른이 된 것 같아.

그렇구나. 흉내 내면 되는 거구나.

어른이란 어른을 흉내 내는 것뿐이잖아?

뭐? 그런 거야?

그래서 어른은 다 똑같아지는 거라고 봐.

아, 어른들과 다른 어른은 거의 없지.

맞아. 어른들과 다른 어른은 어른이라는 말 못 들어.
이상하다는 말을 듣지. 보노보노네 아빠가 그렇잖아.

아, 그런가. 야옹이 형도 그렇고.

그래서 어른 흉내를 내다보면 어느새 이야기를 할 수 있게
돼. 그리고 비법이 하나 더 있지.

뭔데?

자기가 좋아하는 거나 관심 있는 거에 대해 조금
이야기하는 거야. 어른들은 의외로 덥석 문다니까.

포로리도 그런 말 한 적 있어?

있어. 할아버지한테 서쪽 숲에 가면 깊은 풀숲에 엄청
냄새나는 구멍이 있다고 이야기한 적 있어. 할아버지가 그건
무슨 구멍이냐고 물어보시더니, 나중에 가보신 모양이야.
그다음에 만났을 때 할아버지가 그러시더라고.
'포로리야. 그 구멍은 말이다. 그 안에 뱀이 죽어 있었던
거란다.'

우와!

포로리는 왠지 조금 기뻤어.

사는 건 왜 이리도
괴로운 걸까요?

○
○

사는 게 왜 이렇게 힘든 건가요?

그야 괴롭지.
가혹하다고.

○
○

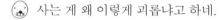 사는 게 왜 이렇게 괴롭냐고 하네.

이 사람, 그렇게나 괴로운 걸까?

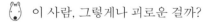 즐거운 일도 있지 않을까?

그야 있긴 하겠지만, 즐거운 일은 얼마 없는 데다 또 금방
 끝나버리니까.

161

그래도 즐거운 일이 있긴 있잖아.

응, 있긴 하지만…….

게다가 의외인 일도 있지.

의외인 일?

얼마 전에 말야. 너부리네 가려고 길을 걷고 있었는데 오소리가 날 부르더니 '이거 먹을래?' 이러면서 물고기를 주는 거야. 민물고기였는데 엄청 맛있었어. 두 마리를 받아서 한 마리는 너부리한테 주려고 '이거 오소리한테 받은 물고기인데 먹어봐. 엄청 맛있어'라고 했더니 '그건 내가 오소리한테 준 물고기거든!!' 이러면서 때리더라.

그게 어디가 의외라는 거야.

오소리가 준 물고기가 원래는 너부리한테 받은 물고기였다는 부분이랄까.

확실히 의외이긴 하지만 그렇게 의외는 아니잖아.

그렇지만 재미있지 않아?

그야 재미있긴 하지만…….

내가 모르는 곳에서 여러 일들이 벌어지고 있다고 생각하면 왠지 즐거워.

그런 거라면 포로리도 있어. 어느 날 아침에 일어났더니 집 앞에 호두 다섯 알이 있는 거야. 누가 놓고 간 건가 싶어서 그대로 놔뒀더니 다음 날엔 호두가 더 늘어난 거야. 그래서 숨어서 기다리고 있었더니 다음 날 모르는 아이 다람쥐가 호두를 들고 오지 뭐야.
'너 누구야? 왜 호두를 놓고 가는 거니?' 하고 물어봤더니 '앗! 실수였어요! 우리 할아버지 집인 줄 알고요!' 하면서 사과하더라? 그래서 '할아버지한테 무슨 일 있어?' 하고 물었더니 편찮으셔서 호두를 못 주우시니까 대신 드리는 거래. 그것 참 좋은 이야기네 싶어서 그 호두를 할아버지 댁에 갖다드리려고 했지. 그런데 걔, 결국 자기 할아버지 댁이 어딘지 모르는 거 있지.

우와, 그래서 호두는 어떻게 했어?

어쩔 수 없이 둘이서 먹었지. 엄청 배불렀어. 아하하하하.

아하하하하. 왠지 의외네.

응. 그 뒤로 그 아인 가끔 놀러와.

그런 일이 있지. 내가 안 보는 곳에서 의외의 일들이 시작돼.

하지만 이 사람은 그런 것도 없을지 몰라.

그런 것도 없는 인생이라니, 쓸쓸하네.

응. 분명 우리가 알 수 없을 정도로 괴로운 인생도 있어.

어떤 인생?

잘은 모르지만, 그냥 사는 것만으로도 벅찬 인생.

그건 어떤 느낌이야?

노는 시간 같은 거, 분명 없을 거야.

노는 시간이 없어?

게다가 친구 같은 것도 없지.

어째서 친구가 없어?

분명 바쁠 테니까.

그건 쓸쓸해.

게다가 마음도 풀썩 꺾여.

어떻게?

'더 이상 어떻게 되든 상관없어' 같은 거지.

으흠. 불쌍하네.

그리고 포로리처럼 누군가를 돌봐야 하는지도 몰라.

힘들겠네.

오히려 아빠랑 엄마가 더 힘드시겠지. 두 분을 보다보면 이 사람이랑 똑같은 생각을 하게 돼.

똑같은 생각이라니?

'살아간다는 건 가혹하구나' 그런 생각.

[포로리 부모님댁]

아빠! 엄마!

아유, 포로리가 어쩐 일이냐. 아침에 다녀갔잖아.

네. 아빠랑 엄마한테 좀 여쭤볼 게 있어서요.

물어볼 거? 엄마는 지금 자는데.

그럼 아빠한테만 여쭤봐도 되니까 잠깐 내려오세요.

흠. 물어보고 싶은 게 뭔데?

아빠랑 엄마는 나이가 들어서 더는 스스로 먹을 것도 못 구하고, 가고 싶은 데도 못 가고, 병도 낫지 않아서 힘들잖아요?

흠. 전에도 말했지만, 살아간다는 건 가혹한 거야.

포로리야. 가혹하다는 게 뭐야?

엄청 괴롭고 힘들다는 거야.

엄청 괴롭고 힘든 거라…….

보고 있으면 '왜 이렇게까지 해서 살아야 하나' 하는 생각이 드는걸요.

어떨 때 그렇지?

엄마가 밤에 기침이 멎지 않아서 잠을 못 잘 때요.

흠. 힘들지.

아빠도 열나거나 몸이 아프거나 밥도 못 먹을 때가 있잖아요.

흠.

또 '더 이상 나아지지도 않을 텐데' 하는 생각도 들고요.

흠. 가혹하지.

그런데도 왜 사는 걸까요?

즐겁기 때문이지.

네? 즐겁다고요? 그렇게 괴로워 보이는데도요?

흠. 몸이 아프거나 병드는 건 즐겁지 않지만 다른 게 있지.

다른 거라니요?

'날씨가 좋다' 싶을 때나 '바람이 시원하구나' 싶을 때.
새가 날아왔을 때도 그래. 맞아 맞아, 얼마 전에는 말이다.
문 바로 앞까지 날아왔어. 아무도 없는 줄 알았는지
자기 집 삼으려고 했나봐. 핫핫핫핫.

아하하하하하하.

뭐가 웃긴 건데요. 그런데 그런 게 즐거워요?

흠. 무슨 일이라도 있었냐?

이 사람이 고민이래요…….

흠. 누구 누구…… 와, '사는 건 왜 이렇게 괴로운가요?'

네. 역시 다들 괴로운 걸까요?

그야 괴롭지. 가혹해.

왜 이렇게 괴로운 걸까요?

근데 이 사람이 괴로운 거랑 아빠랑 엄마가 괴로운 건 달라.

뭐가 다른데요?

이 사람의 괴로움은 여전히 뭐든지 가능한 괴로움이니까.

뭐든지 가능하다니요?

흠. 뭐든지 할 수 있는데도 잘되지 않아서 괴로운 거라고
생각해.

아빠랑 엄마의 괴로움은 어떤 건데요?

그야 아무것도 가능한 게 없는 괴로움이지. 핫핫핫핫.

아하하하.

그럼, 아빠랑 엄마도 뭐든 가능했던 시기에는 잘되지
않는 게 괴로웠어요?

흠. 괴로웠어. 무척 괴로웠지.

그럴 때는 사는 데 뭐가 재미있었어요?

그야 할 수 있는 다른 게 있었으니까. 이제껏 안 해본 거나 아직 못 만나본 사람이나, 가본 적 없는 곳 등등 얼마든지 있었지.

그랬는데, 나이를 먹으면 아무것도 못 하게 되는구나.

흠. 아무것도 못 하게 되면 좋은 날씨나 시원한 바람이나 '이제 여름이구나' 같은 게 즐거워지는 거야.

그런 게 즐거워요?

즐겁지. 왜냐하면 나는 아무것도 한 게 없는데도 무언가 벌어지는 거야. 보고 있는 것만으로도 즐거워.

네. 그럴 수도 있겠네요.

죽으면 아무 일도 벌어지지 않잖아. 아무것도 보이지 않고, 바람 한 점 안 불고, 아무것도 만질 수 없고, 아무도 나를 만져주지 않아. 그렇다고 생각하면 아무리 괴로워도 아직 살아 있는 게 더 즐겁겠지.

네.

살아 있는 건 즐거운 거니까 이렇게 괴로워도 어쩔 수 없어.

네.

네.

**" 나이가 들어 아무것도 못 하게 되면
좋은 날씨나 시원한 바람이나
'이제 여름이구나' 같은 게 즐거워지는 거야. "**

어른이 된다는 건
어떤 건가요?

주변 사람들이 저를 애로 보는 것 같아요. 마음 가는 대로 행동할 뿐인데 남들한테 '정신이 없다' '어른이 왜 그래?'라는 말을 자주 들어요. 어른이 된다는 건 어떤 건가요? (하고 싶은 대로 하는 건 잘못된 건가요?)

Answer

이 사람은
어른이 되고 싶지 않은 거 아냐?

애 같은 어른이 되면 되는 거 아닌가?

응. 포로리도 그렇게 생각해.

그럼 미움받으려나?

아마 미움받겠지.

미움받는 게 싫으면 어른다워질 수밖에 없겠네.

🐹 어떤 점이 애 같다는 말을 듣는 걸까?

🐻 급하게 막 달려가거나 하는 거 아니야?

🐹 애냐!!

🐻 뭔가를 서서 먹는다거나.

🐹 애냐!!

🐻 그런 거 안 하려나?

🐹 그런 건 하면 안 되지.

🐻 아하하하.

🐹 포로리는 있지. 하고 싶은 대로 하는 게 잘못이 아니라, 이 사람이 뭘 하고 싶은 대로 하는지가 중요한 것 같아.

🐻 아, 그렇네. 나무를 보고 급하게 막 올라가거나 하면 안 되잖아.

🐹 애냐!!

🐻 아하하하. 애냐! 그거 재미있다.

🐹 그리고 '애 같다'는 말을 누구한테 들었는지도 문제지. 혹시 엄마 아냐?

🐻 엄마한테 들으면 어떻게 되는데?

🐹 진짜 애 같을지도 몰라.

🐻 아빠한테 들었다면?

🐹 그건 그것대로 어쩔 수 없지.

🐻 친구한테 들었다면?

🐹 다들 미워하는 거겠지.

이 사람은 어른이 되고 싶지 않은 거 아닐까?

그게 아니라 어른이 뭔지 모르는 거겠지.

아, 그렇구나. 난 어른이란, 급하게 막 달려가지도 않고, 서서 먹지도 않고, 나무에 오르거나 하지 않는 사람이라고 생각해.

당연한 얘기잖아.

내 말은, 그런 거에 질린 사람이 어른이라고 생각한다구.

그건 그렇네. 하지만 이 사람이 하는 행동은, 친구랑 한 약속을 깨고 바다에 가버리거나 하는 거 아닐까?

아. 엄마가 시킨 것도 안 하고 벌레를 잡으러 간다거나.

애냐!

아하하하하하. 바다에 가는 건 되고 벌레 잡으러 가는 건 안 되는 거야?

그 부분이지. 바다에 가면 '자유'라는 말을 듣지만 벌레를 잡으러 가는 건 '애'인 거지.

그 차이를 알면 되는 거 아냐?

다들 알 것 같은데.

하지만 애 같은 사람은 행복하지 않아?

앗. 그럴지도 몰라.

행복하다면 왜 어른이 되어야 하는 건지 모르는 거 아냐?

오오. 보노보노 예리하네. 다들 뭔가 힘든 일이 있어서 어른이 되는 건가?

힘든 일이 있으면 왜 어른이 되는 걸까?

힘든 일이란, 자기에 대해서뿐만 아니라 남에 대해서도 이것저것 생각하는 거니까.

그럼 이 사람은 자기 일은 물론 남의 일에 대해서도 별로 생각 안 할까?

그래서 애 같다는 말을 듣는 걸지도 몰라.

하지만 말야. 이 사람은 자기를 좋아하는 것 같아.

아. 그런 느낌이 드네.

행복하고 자기가 좋으니까 지금 그대로 괜찮지 않아?

응. 조만간 힘든 일이 생기면 어른이 될지도 몰라. 때가 되면 다 되는 거니까 그런 거 신경 쓸 필요 없겠지.

응응. 지금 그대로의 모습으로 결혼해서 애가 생기면 애들이 엄청 좋아하는 아빠가 될지도 몰라.

맞아 맞아. 부인한테 '우리 집엔 애가 둘이에요'라는 말을 들으면서.

아하하하하.

하지만 이 사람…… 사실은 행복하지도 않고, 자기를 좋아하지도 않는다면?

헉!! 그럼 큰일이잖아…….

그럼 역시 자신을 바꿔서라도 어른이 되어야 하는 거 아냐?

맞아 맞아. 그렇게 생각해.

놀지 않는 어른

밥을 먹는다.

잔다.

쌕 쌕

저분이 바로 놀지 않는 어른이야.

없다.

내가 아는 아빠 모습은 네 가지밖에 없어.

이 네 가지 뿐이야.

호두를 숨는다.

〈보노코레〉 3권 86쪽에서

즐길 줄 모르는
사람이 돼버렸어요.

○
○

즐길 줄 모르게 돼버려서 고민입니다.
이를테면 휴일에 시간이 나면 '놀러 가야 하는데' '기분 전환삼아 영화
라도 봐야 하는데'라는 둥 예전 같으면 즐겁게 했던 일들이 요즘에는 의
무처럼 느껴져서 즐기지 못하겠어요. 결국 아무것도 안 하고 잠만 잡니
다. 어떻게 하면 즐길 수 있을까요?

Answer

그럴 땐
무조건 이사를 가야 돼.

○
○

🐶 못 즐기게 되어버렸다니, 왜 그럴까?

🐺 요새 피곤한 거 아냐?

🐶 응. 피곤하면 금방 드러누워버리잖아.

🐺 그런데도 뭔가 해야 한다고 생각하면 늘 하던 것만 하게
되지.

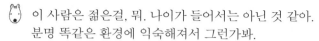

그러면 또 별로 재미없고. 나이를 먹어서 그런 걸까?

이 사람은 젊은걸, 뭐. 나이가 들어서는 아닌 것 같아.
분명 똑같은 환경에 익숙해져서 그런가봐.

그럼 어떻게 하는 게 좋을까?

너부리라면 분명 이사 가라고 할 것 같아.

뭐? 이사?

응.

[너부리네]

그야 당연히 이사 가야지.

역시…….

그래도 이사를 그렇게 쉽게 갈 수 있나.

쉽게 갈 수 있는 이사도 있다구.

어떻게?

지금 사는 곳은 그대로 두고, 어쨌든 다른 곳에 가서 사는
거야. 나는 우리 집이 네 개쯤 있거든.

그건 너부리니까 그런 거고.

응. 다른 사람도 그럴 수 있을까?

왜? 다른 녀석들은 왜 못 하는데?

귀찮으니까.

힘드니까.

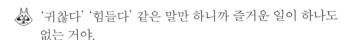 '귀찮다' '힘들다' 같은 말만 하니까 즐거운 일이 하나도
없는 거야.

그런가.

등산을 좋아하는 녀석을 보면 왜 그렇게 힘들고 귀찮은
일을 하나 싶지? 근데 정작 등산하는 녀석은 즐거워
보이잖아.

확실히 그렇네. 포로리 아빠도 예전에는 등산을 좋아하셨어.
피곤해서 너덜너덜해져서 돌아와서도 다시 즐겁다는 듯
가시더라고. 도대체 왜 그런 걸까?

자기가 좋아서 하는 힘듦이나 피곤함은 즐거움이라구.

아, 그렇구나.

남이 시켜서 하는 거나 꼭 해야 하는 건 싫은데.

응. 그러니까 이사 가야 돼.

하지만 이 사람, 이사 같은 거 안 가고 싶을 것 같아.

그런 이사는 남들이 시켜서 하는 귀찮은 일이 돼버리지.

시끄러워, 이놈들아…… 핑계나 대고 말야!!

뭔가 다른 방법 없을까?

없어.

없다니?

맞아! 여행이야! 여행은 작은 이사잖아.

아, 과연 그렇지! 여행, 좋은 것 같아!!

여행도 귀찮지 않나?

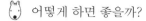

🐻 아, 그렇구나. 아무것도 하기 싫어서 잠만 잔다고 써 있어.

🐴 어떻게 하면 좋을까?

🐺 아무것도 안 하고 자는 수밖에 없겠지.

🐴 무슨 그런 말을 또⋯⋯.

🐺 아니, 이건 말야. 즐거운 일이 없어진 게 아니라 즐기고 싶다는 마음이 줄어들어버린 거야.

🐴 아, 과연 그렇네.

🐺 그러니까 즐기고 싶은 마음이 생길 때까지 잠이나 자라고!

🐻 이 사람, 그거라면 할 수 있겠다.

🐴 '할 수 있겠다'라니, 자는 건데 뭐. 이제껏 했던 거랑 다르지 않잖아. 그런데도 뭔가 하고 싶은 마음이 안 생기면 어떡해?

🐺 조만간 어딜 가서 또다시 뭔가를 시작하는 거야.

🐴 무슨 그런 말을 해?

🐺 나도 그런 적이 있어서 그래. 아무것도 하기 싫어서 자잖아? 그럼 역시 심심해. 그럴 때 이러고 있으니까 심심한 거라는 생각이 들 때까지 잠이나 잘 수밖에 없는 거야.

🐴 하지만 그건 너부리한테나 해당되는 말인 것 같아. 이 사람은 다를지도 몰라.

🐺 다르지 않아. 즐기기 싫은 녀석은 없어. 죽을 때까지 잠만 계속 잘 리 없잖아. 다들 놀러가거나 맛있는 음식도 먹으러 가지. 그러면 자기도 좀 즐기고 싶다는 생각이 스멀스멀 올라오면서 못 참게 돼.

으흠. 이건 너부리를 믿어볼 수밖에 없겠네.
그럼 잠이나 자면 되는 거지?

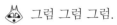 그럼 그럼 그럼.

 괜찮을까?

이것저것
　　금세 질려버려요.

　　○
　　○

여러 가지 것들에 금세 질려버려요.
얼마 전에는 키우는 선인장까지 죽여버렸어요.
어떻게 하면 끈기가 생길까요?

Answer

헤엄치다 지겨워지면
물에 빠져버리잖아.

　　○
　　○

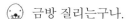 금방 질리는구나.

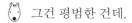 그건 평범한 건데.

하지만 이 사람, 선인장도 죽여버렸대.

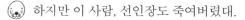 아하하하. 선인장은 물 안 줘도 그렇게 금방 안 죽는
녀석인데. 오히려 물을 많이 안 줘도 된다는 점에
질려버린 걸까?

179

그렇구나. 포로리도 질려?

질리지. 왜냐하면 살아 있는 한 질리게 돼 있으니까.

질리게 돼 있다구?

보노보노는 뭐가 안 질려?

으흠…… 밥 먹는 건 안 질려.

그래? 밥 먹는 것도 종종 질리지 않아?

질릴 때 있어. '오늘은 안 먹어도 될 것 같아' 하고
생각할 때 있어.

거봐. 안 질리는 건 없어. 그저 계속해야 하니까 그만두지
않을 뿐이야.

근데 헤엄치는 건 안 질려.

그래?

지겹다고 생각한 적이 없어.

헤엄치다가 지겨워지면 물에 빠져버리잖아.

아하하하하하. 포로리도 나무에 올라가다 질리면
떨어져버리지.

아하하하하하. 야옹이 형도 걷다가 질리면 길에서
넘어질 거야.

아하하하하하.

뭐, 그건 됐고. 이 사람 고민으로 돌아가자.

응응.

끈기 있어지고 싶은 걸까?

180

나 말야. 끈기 있어지는 게 뭔지 알아.

오, 어떤 게 끈기 있어지는 건데?

어려운 것일수록 끈기가 생겨.

아아! 그건 있는 것 같아. 선인장 말고 더 귀찮은 식물이었다면 꾸준히 키우지 않았을까?

하지만 말야. 너무 힘들면 끈기가 생길 수 없어.

딱 적당히 힘든 게 좋은 거지.

딱 적당히 힘든 게 어느 정도일까?

친구 집에 걸어갈 수 있는 정도.

산책 정도 되려나.

산책하는 것에도 질리는 사람이 있어.

그렇구나. 으흠, 질리는 건 뭘까?

'더는 됐어'라고 생각하는 거 아냐?

왜 '더는 됐어'라고 생각하느냐면 이미 해봤기 때문이야.

맞아 맞아. 이미 해봤으니까, 더는 괜찮다 이거지.

더 하고 싶은 걸까?

더 하고 싶다면 지겹지 않겠지. 아하하하.

그렇구나. 더 하고 싶은데 지겨워져서 곤란한 건가 했지. 아하하하.

이 사람, 금방 지겨워지는 게 아니라 재미가 없어진 거야.

그렇지. 재미있으면 안 지겹지.

재미도 없는데 지겨워하지 말라고 하면 좀 그렇잖아.
아하하하.

지겹지만 울면서라도 해보면 어떻게 될까? 아하하하.

그거 나름대로 다른 세상이 기다리고 있을지도 몰라.

우와, 그런가. 다른 세상이라면 어떤 세상이야?

평범한 사람은 알 수 없는 세상.

평범한 사람은 지겨우면 그만두니까.

응. 거기서 관두지 않고 울면서라도 계속해나가면,
평범한 사람은 알 수 없는 세상에 갈 수 있을지도 몰라.

그런 세상에 갈 수 있다면 더 이상 지겹지 않을지도 몰라.

아니. 그래도 지겨울 때는 지겨울 것 같아.

지겨워지면 어떻게 해?

관두고 싶거나 아니거나.

관두고 싶지 않다면?

계속하는 수밖에 없겠지.

관두고 싶다면?

관두면 되는 거야.

" 거기서 관두지 않고 울면서라도 계속해나가면,
평범한 사람은 알 수 없는 세상에 갈 수 있을지도 몰라. "

넘치지도 모자라지도 않는 사랑이란
           어떤 건가요?

        ○
        ○

딱 적당한 사랑이란 어떤 건가요?

딱 좋다는 거랑은
다른 것 같은데…….

        ○
        ○

넘치지도 모자라지도 않는 게 뭘까?

뭐였더라…… 많지도 적지도 않는 건가?

딱 좋은 걸 말하는 거야?

딱 좋은 거랑은 다른 것 같은데…….

딱 좋은 거랑 다른 거면, 많은 거야? 적은 거야?

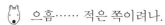 으흠…… 적은 쪽이려나.

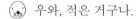 우와, 적은 거구나.

 응. 조금 모자라서 딱 좋다 싶은 느낌.

많은 게 좋은 거 아냐?

많으면 딱 좋다고 느껴지지 않아.

조금 모자라야 되는 거네.

그렇지. 조금 모자란 게 딱 좋은 거야.

조금 모자란 게 딱 좋다니, 왠지 괜찮은데.

응. 포로리도 괜찮은 것 같아.

입 냄새가 나요.

○
○

입에서 이상하게 냄새가 나요. 어떻게 하면 좋을까요?

Answer

후! 하! 후! 하!
호흡을 여러 번 하세요.

○
○

입 냄새가 나는 구나.

입안을 잘 닦으면 돼.

그래도 냄새나면?

우유로 헹궈.

그래도 냄새나면?

민트 잎을 씹는 거야.

그래도 냄새나면?

나한테만 묻지 말고 보노보노도 생각해봐.

우리 아빠도 입 냄새 날 때가 있는데, 그럴 땐 숨을 많이 들이마시고 내쉬면 좋다고 했어.

호흡을 많이 하라고?

응. 후! 하! 후! 하! 하고 여러 번 호흡을 해.

그렇게 해서 입안의 공기를 바꿔주는 거야?

맞아 맞아.

보노보노 아빠는 대단해. 그럼 좋아져?

좋아진다고 하던데.

그럴까. 금세 또 냄새나는 거 아냐?

그럼 또 후! 하! 후! 하! 하고 여러 번 호흡을 해.

더 제대로 된 해결 방법은 없어?

아빠는 입을 벌린 채로 달리면 좋다고 했어.

아저씨 얘긴 이제 됐거든. 이런 건 린네 아빠가 알지도 몰라.

가볼래?

[울버 아저씨네]

뭐? 입 냄새 나는 건 어떻게 하면 되냐고?

네.

그건 충치가 있어서야.

충치구나.

아니면 잇몸병인지도 몰라.

병이요?

어쩌면 배 속에 병이 있는 걸지도 모르지.

어떻게 하면 될까요?

고쳐줄 사람이 있으면 좋을 텐데.

없는데요.

있으면 좋은데.

고쳐줄 사람이 없으면 어떡해요?

스스로 생각해야겠지.

스스로 생각하다니요?

좀처럼 남한테 다가가지 않는다거나.

절대 입을 벌리지 않는다거나.

아무도 없는 데서 산다거나.

먼저 말하는 것도 좋아. '나 입 냄새 나요'라고.

그것도 괜찮네요.

그리고 누구한테 냄새난다는 말을 들으면
'그렇죠, 냄새나죠'라고 하면 돼.

맞아! 누구 입 냄새가 가장 심한지 정하면 되겠다.

뭐어?

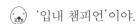 '입내 챔피언'이야.

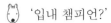 '입내 챔피언?'

그렇군. 이 사람이 입 냄새를 신경 쓰는 건, 자기 입 냄새를 다른 사람들에게 알리고 싶지 않아서야.

맞아요. 그런데 챔피언이 되면 다들 알게 되겠지요.

그래 그래. 모두가 알게 된다면 신경 쓰이지 않을 거야.

하지만 그런 짓을 할까요?

아니, 하겠다고 마음먹은 순간 이 사람은 자기 입 냄새를 더 이상 신경 쓰지 않게 될 거야.

그렇군요.

우리도 '입내 챔피언' 하자.

응. 하자! 하자!

챔피언은 아마 오소리 아빠일 거라고 봐.

친구 사귀는 법을
모르겠어요.

。
。

보노보노는 자주 '친구'에 대해 '좋구나'라고 말하곤 하는데, 저에게 있
어 친구란 '어떻게 하면 사귈 수 있는 존재일까?'랍니다. 친구가 뭔지에
대해서도 생각하게 돼요. 보노보노와 친구들을 보고 있으면 '좋겠다'라
며 부러운 생각이 듭니다.
이미 어른이 되어버린 저는 친구 사귀는 법을 몰라요. 친구 무리에 들
어가거나 새로운 사람을 만나는 자리에 나가는 것도 겁이 나서 꺼려집
니다. 어떻게 하면 '좋구나'라고 생각할 수 있는 친구를 만들 수 있을까
요? 어른이 되면 못 하는 걸까요?

Answer

야옹이 형은
안 되는 거야?

。
。

(•ᴥ•) 친구는 어떻게 사귀는 거냐고 묻네.

(ᵔ) 포로리랑 보노보노는 맨 처음 같이 놀고는, 그다음에도 또
같이 놀고 싶어 했지.

(•ᴥ•) 응응. 빨리 또 포로리랑 놀고 싶었어. 아침이 되길 얼마나
기다렸다고.

(ᵔ) 아침밥도 우적우적 먹고 얼른 얼른 놀러 가야지 했어.

아하하하. 나 아직도 기억나. 즐거웠지.

이 사람은 그런 적이 없었나 봐.

그건 불쌍하네. 어째서일까?

으흠. 자기 말고 다른 애들에 대해서는 몰라서 그랬던 거 아닐까?

자기 말고 다른 애들에 대해서는 모른다고?

그게 뭐냐면, 다들 자기 말고는 다른 애들이 무슨 생각을 하는지는 모르는 법이잖아.

응. 나도 몰랐어. 나처럼 이것저것 생각하는지 안 그런지도 몰랐고.

진짜 그렇지. 아이였을 때는 다들 자기에 대해서도 모르는걸.

엄청 불안했지. 이런 거 해도 되는 건지, 저런 건 해도 되는 건지, 얘는 뭐 하는 건지, 전혀 몰랐어.

그래서 보노보노가 포로리랑 노는 게 재미있어 보여서 엄청 기뻤어.

나도 그래. 나랑 같이 노는 걸 재미있어한 애는 처음이었어.

바로 그때가 친구가 되는 순간이지.

같이 놀 때 나도 즐겁고 상대방도 즐거워 보이면 무조건 친구가 될 수 있다고 생각해.

응응. 같이 뭔가를 하거나 놀아야지.

이 사람, 어른이 되고 나서도 친구를 사귈 수 있는 거냐고 묻는데.

같이 놀면 사귈 수 있을 거라고 봐.

하지만 어른은 놀지 않잖아.

응. 놀더라도 혼자서 놀고.

안 노니까 친구를 못 사귀는 거 아냐?

안 노는 것도 있지만, 어른들은 더 이상 친구가 필요 없다고
생각해.

안 노니까 필요 없는 거야?

그게 뭐냐면, 어른이 될수록 혼자 살 수 있다는 걸 알아가기
때문에 친구랑 어울리는 게 귀찮아지는 거야.

그렇구나. 어른이 되면 친구가 필요 없어지는 거구나.
맞다. 야옹이 형은 자기 자신이 친구라고 했어.

자기 자신이 친구라고?

응. 자기 자신이 자기를 가장 잘 알고 있고, 가장
잘 도와준대.

어떻게 하면 자기 자신이 가장 좋은 친구가 되는 걸까?

자기 자신이랑 엄청 이야기를 많이 하는 거 아닐까?
그렇게 되면 진짜 친구가 필요 없을지도 몰라.

필요 없다면 필요 없는 대로 괜찮은 거 아닌가? 무리해서
만들 필요도 없고.

난 말야. 어른이 되면 가끔 만나러 가거나 만나러 와주는
친구가 있으면 될 것 같아.

그러네. 꼭 같이 놀지 않아도.

친구란 꼭 필요한 게 아닐지도 몰라.

응응. 꼭 필요한 게 아닐지도 모르지.

하지만 그래도 이 사람에게는 친구가 꼭 필요하다면?

으흠. 친구란 나이 차이가 별로 안 나고, 같은 취미를 가진 사람만을 가리키는 게 아닌 것 같아.

나이 많은 친구도 돼?

보노보노랑 야옹이 형도 친구 아냐?

뭐? 나랑 야옹이 형이 친구야?

포로리는 보노보노랑 야옹이 형이 친구라고 생각하는데.

그렇구나. 나랑 야옹이 형이 친구였구나. 왠지 대단하네!

친구 사이는 정작 서로 친구라고 생각하지 않잖아.

그러고 보니 야옹이 형의 친구 스스 아저씨 있었지. 스스 아저씨랑 야옹이 형은 몇 년씩이나 안 만나는데도 친구잖아.

그렇지. 스스 아저씨는 야옹이 형을 친구라고 생각하지만 야옹이 형은 어떨까?

스스 아저씨가 더 야옹이 형을 친구라고 생각하지 않을까?

그렇네. 친구란 누군가를 친구라고 생각하는 것에서부터 시작되는 거 아닐까?

그럼 가족도 친구라고 생각하면 되는 걸까?

오오. 그거 대단하네.

옆집 사람도 친군가?

응응.

반려동물도 친구고.

그건 그렇지.

소중한 물건도 친구야.

무조건이지.

그런데 상대방이 '너는 내 친구가 아냐'라고 하면?

그럼 친구가 아니겠지.

'응, 친구야'라고 하면?

그렇다면 틀림없이 친구인 거야.

인생이 두 번
있었으면 좋겠어요.

○
○

가끔 진지하게, 인생이 두 번 있었으면 좋겠다는 생각을 합니다. 첫 번째 인생은 결혼해서 평범한 가정을 꾸리며 착실하게 살고, 두 번째 인생은 평생 독신으로 살며 매일 하고 싶은 걸 하면서 두려움 없이 살고 싶어요. 이런 인생을 살 수 있는 방법 아시나요?

Answer

이제부터 엉망진창으로
하고 싶은 대로 하면 돼.

○
○

😊 이건 누구나 바라는 바지.

🐰 인생이 두 번 있다는 걸 안다면 전혀 달라지겠지.

🐰 세 번 있다는 걸 알면 어떻게 될까?

🐰 세 번까지는 필요 없어.

😊 두 번이면 충분한가?

🐴 한 번이라서 충분하다고 생각할 때도 있어.

🐻 어떨 때?

🐴 아침에 일어났는데 아이고…… 싶을 때.

🐰 '아이고……'라니?

🐴 있잖아. 내가 이제껏 뭐 때문에 이렇게 살아온 걸까 싶을 때.

🐻 응응. 있어 있어.

🐴 그럴 때는 인생 같은 거 한 번이면 족하다 싶어.

🐻 그렇구나. 나도 사실은 한 번이 좋다고 생각해.
이 사람, 인생을 반으로 나누면 되는 거 아냐?

🐴 아아. 젊을 때는 착실하게 생활하면서 평범한 가정을
꾸리고, 나이를 먹으면 엉망진창으로 하고 싶은 대로
살면 되는 거구나.

🐻 맞아. 그럼 죽을 때까지 참지 않아도 돼.

🐴 아하하하. 앗, 하지만 이 사람 그렇게 젊지 않아.

🐻 그렇구나. 늦은 걸까?

🐴 하지만 이제부터 엉망진창으로 하고 싶은 대로 하면 되니까
그렇게 늦진 않은 것 같아.

🐰 해보면 되지 않을까?

🐴 할 수 있을까?

🐰 못 할까?

🐴 못 하니까 상담했겠지.

🐻 그렇구나. 왜 못 하는데?

그야 지금까지 함께한 가족이나 친구들한테 '나 이제부터 내 맘대로 살 거야' 같은 말 못 할 테니까.

아하하하. 다들 미워하려나?

응응. 그러니까 다시 태어난다면 엉망진창으로 살 수 있을 거라고 생각하겠지.

정작 다시 태어나면 잊어버릴지도 몰라.

아하하하. 그래서 다시 착실하게 살고 막?

아하하하. 그래도 괜찮은 거 아닐까?

응. 이 사람도 실은 지금 이대로도 좋은 거야.
하지만 그럴 때가 있지. 갑자기 눈앞에 먹음직스러운 게 보이는 것 같을 때가.

먹음직스러운 것?!

이 사람 어른이잖아. 어느 날 엄청 멋진 여자가 눈앞에 나타나서 해롱해롱하게 된다면?

아하하하. 해롱해롱…… 그래서 그 여자를 데리고 어딘가로 도망쳐버리는 건가?

응응. 아니면 가고 싶은 곳에 가거나 먹고 싶은 걸 먹는 거지.

하면 되는 거 아냐?

응. 하면 되는데 못 하는 거야.

왜 못 하는 걸까?

바로 그 점이 문제지.

지금에 만족하는 거 아닐까?

오오오!! 과연 그렇구나!!

엉망진창으로 살지 못하는 이유는, 말은 아니라고 해도
지금이 왠지 더 좋기 때문일 거야.

그렇지. 엉망진창으로 하고 싶은 대로 사는 게 좋으면
그렇게 하겠지.

맞아. 누구라도 '아아, 멋대로 살고 싶어'라고 생각은 해도
정작 그렇게는 못 살지 않을까? 이래저래 생각해봐도
지금이 조금이나마 낫기 때문일지도 몰라.

맞네, 맞아. 보노보노가 말한 대로야. 그럼 해결된 걸로.

하지만 이 사람, 포기 안 할지도 몰라.

그럼 두 번째 인생을 기대해보면 되지. 그런 건 절대 없을
거라고 아무도 얘기 못 할걸.

그렇네. 다들 이미 두 번째 인생을 사느라 첫 번째 인생을
잊어버린 걸지도 몰라.

그러게. 다들 잊어버렸을지도 몰라. 이미 열일곱 번째
인생일지도 몰라.

열일곱 번째?! 아하하하. 그렇다면 대단하네.
하지만 난 말야. 다시 태어난다 해도 다시 한 번
똑같은 사람들이 나타나는 인생이 좋아.

보노보노…….

나, 이상한가?

아니. 왠지 감동했어…….

그으래?

보노보노는 정말 행복했구나.

응. 나는 행복했던 것 같아.

의미 있는 일이란
뭔가요?

○
○

인생이란 죽을 때까지 시간 때우기라는 생각을 하면 당장 아무것도 하
고 싶지가 않아요. 의미 있는 일이란 뭔가요?

Answer

의미란 원래
처음부터 없는 거 아닐까?

○
○

인생은 시간 때우기일까?

이 사람, 누구한테 그런 말을 들은 거지?

인생이란 시간 때우기라고 생각하는 사람한테?

그렇겠지.

자기 스스로 그렇게 생각한 게 아닌가?

뭐, 스스로 그렇게 생각한다면 누가 뭐라고 하든지 상관없지.

포로리는 인생이 시간 때우기라고 생각해?

시간 때우기라면 좋겠다고 생각해.

뭐? 시간 때우기라면 좋겠다고?

응. 그렇지만 시간 때우기라고 생각하기엔 뭐가 너무 많은걸.

그렇구나. 그렇네.

이 사람, 왜 시간 때우기라고 생각할까?

으흠. 뭔가 안 좋은 일이 있었던 건 아닐까?

아하하하. 요즘 안 좋은 일이 있어서 인생이 시간 때우기라고 생각한다고?

아닌가.

아닐걸.

아하하하. 그렇구나.

'의미 있는 게 뭔가요?'라고 써 있어.

뭐든 의미 있다고 생각하는데.

그러게. 뭐든 의미 있어서 엄청 힘든 거라고 생각해.

응. 의미 없다면 굳이 안 해도 돼.

맞아 맞아. 그래서 포로리는 다 시간 때우기면 좋을 것 같아.

그럼, 포로리는 시간 때우기라고 여기면 되잖아. 그럼 엄청 편해지잖아.

아아, 그렇네. 그렇게 생각하면 엄청 편해.
아빠랑 엄마 돌봐드리는 것도 안 해도 되고, 매일매일
밥 안 먹어도 되고, 밤이 돼도 잠 안 자도 되고,
아침이 돼도 안 일어나도 되고.

왠지 괜찮네.

응. 엄청 괜찮지. 하지만 그래도 아빠랑 엄마 돌봐드리러
가야 하고, 매일매일 밥 먹어야 하고, 밤이 되면 잠들어야
하고, 아침에는 일어나야 해.

그렇구나. 그래도 하는 거구나. 왜 하는 거야?

안 하면 다들 화내고, 울고, 슬퍼하거나 버림받기도 하니까.

그런 게 의미 있는 거야?

어떤 일이 있어도 하게 되니까 분명 의미 있는 거지.

그렇구나. 의미 없다면 안 하겠구나.

맞아 맞아. 했으니까 의미 있다고 봐.

했으니까 의미 있다고? 그게 무슨 뜻이야?

분명 그 부분이겠지. 이 사람도 '그게 무슨 뜻이야?'라고
생각할지도 몰라.

의미란 왜 필요한 걸까?

분명 필요 없다고 생각해. 하지만 의미가 있으면 안심하는
사람도 있지.

그냥 즐거우면 되는 거 아닐까?

하지만 즐거움은 계속되지 않잖아.

응…….

🐭 그리고 슬플 때도 있기 마련이고.

🦫 슬퍼도 괜찮은 거 아닐까?

🐭 응? 괜찮아?

🦫 응. 화나거나 괴로워도, 괜찮지 않아?

🐭 무슨 뜻이야?

🦫 그게 뭐냐면 의미가 없다는 것은 즐겁거나 슬프거나 괴롭지도 않은 걸 테니까.

🐭 아아. 그렇구나. 그럴지도 몰라. 하지만 이 사람이 말하는 의미란 아마 사는 보람 같은 거겠지.

🦫 보람인가. 즐겁거나 슬프거나 괴롭거나 화내는 게 보람 아닐까?

🐭 으흠. 보노보노는 그걸로 충분하다고 해도, 이 사람의 보람이란 뭔가 성취감 같은 거겠지.

🦫 성취감?

🐭 왜 있잖아. '해냈다!' 같은 거.

🦫 아아, 그렇구나. 그럼 이 사람은 '해냈다!'라고 생각한 적이 없을까?

🐭 아무리 그래도 있겠지.

🦫 그렇겠지. 몇 번 정도 있었을까?

🐭 모르겠는데.

🦫 나는 두 달 전쯤 '해냈다!'라고 생각했어.

🐭 언제?

새가 근처에 있는 나무에 둥지를 틀어서 들여다봤다니
엄마 새가 알을 품고 있었어. 하지만 얼마 안 지나고
엄마 새가 사라져서, 무슨 일인가 싶어 걱정했는데
얼마 전에 봤더니 무사히 돌아왔더라.

그걸 보고 '해냈다!'라고 생각했다고?

응. 기뻤어.

보노보노한테는 정말 의미 있는 일들뿐이네. 하지만
이 사람에게는 그런 것조차 의미 없는 일일지도 몰라.

그런 걸까. 의미 같은 거 없는 거 아냐?

그럼 이 사람하고 똑같아지는 거야.

아니. 내 말은 의미 같은 건 원래부터, 그러니까 처음부터
없는 게 아닐까 하는 거야.

아무 데도 없어?

응.

어디에서 우승하는 것에도?

응. 사실은 하도 의미가 없으니까 우승 같은 걸 정한 게
아닐까 싶어.

하핫. 과연, 진짜 그렇네.

앗, 어쩌면 이 사람도 그렇게 생각하고 있을지도 몰라.

아아, 그렇구나 그렇구나. 그럼 어떻게 하면 될까?

내 생각엔, 이 사람이 모든 것에 의미가 없다고 생각한다면
자기 스스로 의미를 만드는 수밖에 없을 거 같아.

응응응. 누군가 만든 의미 말고.

스스로 의미를 만드는 거야.

힘들겠네.

하지만 재미있을 거야.

어떤 의미를 만들까?

나라면, 뭔가가 태어나는 걸 거야.

뭔가가 태어나는 거?

그러니까 달걀이 부화해서 병아리가 되거나,
물고기가 많이 태어나거나, 벌레가 엄청 태어나거나.

벌레는 됐어. 나무나 풀이 나는 거라면 괜찮지만.

그리고 이상한 걸 만드는 거야.

이상한 거?

이제까지 없었던 것 말야.

이제까지 없었던 거라니?

그런 건 스스로 생각해야 해.

재미있겠네.

응. 재미있을 것 같아.

겨울 잘 나는 법에 대해
알려주세요.

저는 주변 사람들이 반대하는 사랑에 빠져서 남자 친구가 사는 나라로
같이 도망쳐 왔습니다. 어느덧 결혼과 출산을 거쳐 8년이 흘렀어요. 하
지만 첫아들은 다섯 살에 암 진단을 받았고 지금까지 항암 치료를 받고
있어요…… 그래도 저희들은 행복과 꿈이 가득하고, 웃음이 끊이지 않
는 가정이랍니다.
어쨌든 상담할 내용은 따로 있어요. 도무지 이 나라의 추위(영하 20도)
만큼은 적응이 되질 않아요. 깊은 산속에서 사는 보노보노와 포로리에
게 겨울 잘 나는 법이 있다면, 꼭 알려주세요.

Answer

겨울에는
봄에 대해 생각해.

 이 사람 대단하네.

응. 아이가 아픈데도 겨울 잘 나는 법을 가르쳐달라니.
보통은 '아이가 아파요. 어떻게 하면 좋을까요?'라고
물을 텐데. 그런데도 행복과 꿈이 가득한 가정이래.

좋아. 그럼 겨울 잘 나는 법을 열심히 알려주자.

겨울 잘 나는 법을 열심히 알려주는 것도 이상한데…….

포로리의 겨울 잘 나는 법은 뭐야?

포로리는 겨울잠을 자니까.

아. 겨울잠이 겨울 잘 나는 방법이구나.

꼭 그런 건 아니지만 겨울잠이 최고 아닐까?
밖에 안 나가도 되고. 하지만 이 사람이 겨울잠을
잘 순 없겠지.

누구나 겨울잠을 잘 수 있는 게 아니니까.

추위를 많이 타는 걸 어떻게든 해결하고 싶은 거겠지.
그렇다면 보노보노가 도움을 줄 수 있지 않을까?

내가 추위를 덜 타는 법은 털 안에 공기를 많이 집어넣는
거야.

털 안에 공기를 많이 집어넣는다니…… 이 사람 몸은
너처럼 털로 뒤덮인 게 아니잖아.

맞아. 누구나 털로 뒤덮인 건 아니니까.

누구나 털로 뒤덮인 건 아니라니…… 포로리랑 보노보노의
겨울 잘 나는 법이나 추위 덜 타는 법은 이 사람이
따라 하기에는 무리 아닐까?

흠. 나는 말야. 추운 날이나 눈 오는 날에도 잘 걸어 다녀.
그랬더니 추운 걸 별로 신경 안 쓰게 됐어.

우리가 사는 데도 겨울이 되면 영하 20도 정도 되지.

이 사람이 있는 데랑 비슷해.

하지만 이 사람은 밖에 잘 못 다닐 거야. 아이도 있고.

그렇구나. 어떻게 하면 좋을까?

야옹이 형이 남쪽에서 오지 않았어?

[야옹이 형네]

야옹이 형. 나예요, 보노보노예요.

보면 알아. 무슨 일이야.

야옹이 형은 남쪽에서 왔잖아요. 이 사람은 북쪽으로 간 것 같은데, 추위 덜 타는 법 좀 알려주세요.

나 추위 많이 타.

알아요.

그런데 왜 나한테 그런 걸 물으러 온 거야.

야옹이 형은 추울 때 뭐 해요?

밖에 잘 안 나가.

그거 말고는요?

문가로 찬바람이 들어올 때는 꺾은 나뭇가지로 바람을 막아.

그거 말고는요?

그 정도야.

온천에는 안 가요?

가긴 하는데, 돌아오면 다시 추워져.

온천에 갔다 와도 안 추워지는 방법은 없을까요?

있지.

어떤 방법인데요?

뛰어서 오는 거야. 얼마간은 따뜻해.

그건 당연한 거지.

나는 추우면 바다에 들어가. 바닷속이 더 따뜻하니까.

그건 보노보노 얘기고. 이 사람이 추위를 덜 타기 위해서는 어떻게 하면 될까?

나는 너무 추우면 이상한 델 가.

이상한 데?

[야옹이 형의 별장]

봐. 여기야.

우와, 이런 데가 있었어요?

좁아!

뭐, 나무가 말라버린 부분이니까. 하지만 좁은 데 있으면 자기 체온으로 금방 따뜻해져.

이 안에 들어가 있는 거예요?

응. 바람 부는 쪽이랑 반대 방향이라 우리 집에 있는 것보다 따뜻해.

그럼 야옹이 형의 겨울 잘 나는 법은 좁은 데 가만히 있는 거예요?

그래 그래. 그럼 이만.

그럼 이만이라니, 아직 가면 안 돼요. 여기 들어가봐요.

뭐? 들어가라고?

다 같이 들어가보자.

야옹이 형 먼저.

좋아. 들어갔어.

그다음은 나.

마지막은 포로리. 이응차.

…….

…….

…….

좁네.

이렇게 가만히 있는 거예요?

응. 추울 때는 추우니까 참아야 돼. 밖에 안 나가고 가만히 있는 거야.

가만히 있기만 하면 돼요?

이런저런 생각도 하지.

무슨 생각을 하는데요?

으흠. 즐거운 일에 대해 생각해.

즐거운 일이라니 어떤 거요?

언젠가 본 적 있는 따뜻한 곳의 경치나 봄이 되면 뭘 할까 같은 것들 말야.

진짜로 그런 걸 생각한다고요?

진짜야. 봄이 되면 뭘 먹을까도 생각하고.

'봄이 되면 누구네 집에 갈까'라든가.

그렇지.

그런 건 나도 하는데. '옛날에 봤던 호수에 가볼까' 같은 거.

응. 포로리도 있어. 포로리는 매년 어딘가로 여행 가겠다는 생각을 해.

그래서 어딜 갔는데?

아니, 생각만 하고 안 간 적이 더 많아.

그렇구나. 겨울에는 봄에 대해 생각하는 건가.

그게 추위 덜 타는 법이야?

나는 그래. 겨울에는 봄을 생각하면서 가만히 있어.

어? 왠지 따뜻해졌어.

진짜진짜. 따뜻해.

그러다 봄이 되면 뭘 해요?

봄한테 가보는 거지.

좋구나.

응.

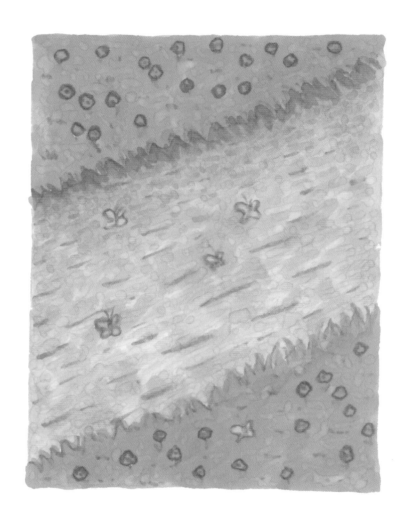

" 겨울에는 봄을 생각하면서 가만히 있어. "

그 남자를
못 잊겠어요.

○
○

7년을 사귄 남자 친구가 세상을 떠난 지 2년이 지났습니다. 태어나서 처음으로 사귄 남자 친구라서 그런지 지금까지 함께 지낸 시간이 떠올라요. 음식 하나를 먹어도 '그 사람이 이걸 좋아했었지' '그는 이런 걸 잘 못 먹었었지'…… 꼬리에 꼬리를 물듯 모든 결론이 그 사람으로 납니다.
아무리 해도 잊을 수가 없어요. 대체 저는 어떻게 살아가야 할까요?

Answer

추억이란 숲속에 쌓이는
낙엽 같은 거야.

○
○

애인이 세상을 떠나버렸대.

불쌍해.

당연히 못 잊겠지.

응. 못 잊을 거야.

언젠가는 잊힐까?

215

세상을 떠난 애인을 그렇게 쉽게 잊을 수 있는 사람은
없지 않을까?

그러게. 잊었다 해도 다시 생각날 거야.

응. 잊어버려도 다시 생각나고, 생각나다가도
다시 잊히는 것의 반복 아닐까?

그렇다면 평생 괴롭겠네.

하지만 이 사람은 '괴롭다'고 쓰지 않았어.

그럼 괴롭지 않은 건가?

떠올라서 눈물 날 것 같은 날이 있고 괴로운 날도 있다면
기쁜 날도 있을 거라고 봐.

기쁜 날도 있구나.

그야 있지. 그러니까 못 잊는 사람이 있다는 건
행복한 일이기도 한 거 아냐?

그러게. 못 잊는 사람 하나 없다는 게 제일 불쌍하지.

추억이란 숲속에 쌓이는 낙엽 같은 거야.

아, 낙엽.

응. 낙엽은 매년 떨어지고 쌓이잖아.

응응. 점점 쌓여서 푹신푹신해지지.

2년 전에 떨어진 낙엽 따위 필요 없으니 버려야지 생각해도
뭐가 새 낙엽이고 헌 낙엽인지 구분이 안 가잖아.

응 언제 떨어진 낙엽인지 모를 정도로 섞여서 쌓이니까.

너무 뻔한 예일지는 몰라도, 추억은 그냥 낙엽이 아니라
진짜로 매년 쌓여가는 낙엽 같아.

🦭 점점 쌓이다보면 2년 전의 낙엽도 어느새 보이지 않게
될지도 몰라.

🐴 아니. 그런 낙엽이 있었다는 사실은 못 잊어.

🦭 앗 그렇구나. 보이지 않아도 기억하고 있는 건가.
하지만 낙엽이 점점 쌓이면 흙이 되잖아?

🐴 아니. 흙이 돼버려도 그 낙엽은 생각날 거야.

🦭 그럼 평생 생각나? 못 잊어? 잊어도 또 잊어도 다시 생각나?

🐴 그렇지 않을까.

🦭 그럼 어떻게 하면 좋아?

🐴 매년 낙엽이 쌓여가는 것에 맡겨볼 수밖에 없지.

🐰 그게 무슨 말이야?

🐴 살아가면 된다는 뜻이야.

🦭 계속 괴롭기만 하면 어떡해?

🐴 으흠. 아까 말한 것처럼 떠올린다고 해서 괴롭거나
고통스럽기만 한 건 아니겠지. 기분 좋아질 때도 있을 거야.
게다가 지금 생각나서 괴롭다고 해서 앞으로도 계속
괴로울지 아닐지는 모르는 일인걸.

🦭 괴롭지 않을 때가 와?

🐴 포로리가 어렸을 때는 그랬어도 지금은 안 그렇게
느껴지는 게 엄청 많아. 너부리랑 오소리도 처음에는
무서웠는데 지금은 친구잖아.

🦭 그렇구나. 지금이랑 똑같은 것만 있는 게 아니네.

🐴 게다가 진짜로 잊힐 수 있을지도 몰라.

그게 어떤 걸까?

잘은 모르겠네.

그러게.

어쨌든 해마다 낙엽이 쌓이는 거야.

그리고 푹신푹신해지지.

맞아 맞아. 푹신푹신해져.

그러다보면 이 사람도 푹신푹신한 사람이 될지도 몰라.

아하하하. 푹신푹신한 사람이 된다면 분명 애인에 대한 추억도 소중히 할 거야.

그러게.

아내가 24년간
거짓말을 하고 있는 것 같아요.

○
○

사귈 때부터 여태껏 24년간 아내가 저에게 거짓말을 하고 있는 것 같습
니다. 이걸 받아들여도 괜찮은 걸까요?
참고로 지금 제가 행복한지 아닌지가 의문입니다. 돈은 없어요.

Answer

그래서 이 사람도
참는 거라고 봐.

○
○

😐 뭘까, 이 거짓말이라는 게?

🐿 아하하하. 궁금하네.

😐 기분 탓일지도 몰라.

🐿 그렇겠지. 왜냐하면 부인한테 확인해보지 않았으니까.

😐 '참고로 지금 제가 행복한지 아닌지가 의문입니다'라니.

🐴 '행복하면 용서해주겠지만요'라는 뜻 아닐까?

🐰 '돈은 없어요'는 뭐야?

🐴 무슨 말인지 잘 모르겠네요.

🐰 결국 이 사람은 부인의 말이 거짓인지 아닌지를
확인하는 게 두려운 거 아냐?

🐴 응. 24년간 그 상태였으니까 받아들여야 하는 거 아닐까?

🐰 어떤 거짓말일까?

🐴 바람?

🐰 태어난 곳에 대해서 거짓말한 걸지도 몰라.

🐴 태어난 곳이라니?

🐰 숲에서 태어났다고 했는데, 실은 끈적끈적한 데서
태어났다거나.

🐴 뭔 상관이야. 끈적끈적한 데서 태어나든 말든.

🐰 사실은 뱀 친구면서 사슴 친구라고 말했다거나.

🐴 그런 건 못 알아본 사람이 나쁜 거지!

🐰 이 사람이 먹을 걸 매일 훔쳐 먹었다거나.

🐴 '이놈!' 하면서 화내면 되지!!

🐰 으흠, 뭘까? 부인이 한 거짓말이란 게.

🐴 따로 사귀는 사람이 있는 거 아닐까?

🐰 그래?

🐴 그거 말고는 상상이 안 가.

앗. 다른 아이가 있었나?

앗. 그것도 그럴 수 있네. 결국 바람피운 거야.

하지만 다른 사람을 좋아하는 건 어쩔 수 없는 거 아냐?

어쩔 수 없다는 건 그래도 된다는 뜻이야?

절대 다른 사람을 좋아하면 안 된다는 건 무리라고 생각해.

그건 그렇지만, 아이가 있고 없고는 다른 문제지.

응. 그렇네.

이 사람, 부인의 거짓말에 대해서만 얘기하는데 자기는 거짓말 안 할까?

응응. 뭔가 있어 보여. 알고 보면 발바닥에 사마귀가 두 개 있다거나.

됐다니까, 사마귀 같은 건.

실은 지렁이 친군데 소 친구라고 말했다거나.

그런 건 보면 알잖아!

사실은 이름이 부따빼인데 뽀또삐라고 말했다거나.

뭐든 상관없어!!

그런데 부부는 그렇게 행복해 보이지도 않는데 왜 같이 사는 걸까?

그게 가장 수수께끼야.

행복한 적도 있었던 걸까?

그야 있었겠지.

더는 행복하지 않는데도 같이 살아? 왜?

행복한 시절이 또 올지도 모른다고 생각하는 것 같아.

그렇구나. 그렇게 생각하니 왠지 알겠네.

응. 행복한 시절이 또 올지도 모른다고 생각하면서
지내다니 어쩐지 좀 괜찮잖아.

응응. 행복했던 때를 다시 떠올리며 지내는 것도 괜찮아.
하지만 계속 행복한 게 제일 괜찮지 않을까?

그건 그렇지만, 그건 희망사항이니까. 포로리 아빠 엄마를
보면 부부란 '희망사항이 무너져도 어디까지 참을 수
있는가' 같아.

참을 수 없게 되면?

그럼 헤어지겠지.

그건 나쁜 거야?

좋은 건 아니지만 나쁘다고도 말 못 하겠고,
어쩔 수 없는 거 아닐까?

하지만 아이가 있으면 아이도 슬퍼지겠지.

그러게. 본인들은 자기 문제니까 괜찮을지 몰라도 아이는
말려드는 거지. 그래서 다들 애가 있으면 더 참는 거야.

우리는 참기만 하잖아, 그렇지?

응, 맞아. 다들 참기만 해.

어째서 참는 걸까?

참지 않으면 더 나빠질 것 같아서겠지.

그렇구나. 더 나빠질 것 같은 거구나.

그래서 이 사람도 참는 거라고 봐.

부인의 거짓말을 받아들이고?

맞아 맞아.

우리는 참는 걸 참 잘해.

그런 것 같아.

엄마랑 사이가
나빠졌어요.

○
○

나이가 들수록 엄마랑 사이가 벌어집니다. 저는 '소심'이고 게으른데,
엄마는 '대범'이고 쾌활한 성격이에요.
성격이 달라서 그런지 대화도 통하지 않아서 슬픕니다.
어떻게 하면 좋을까요?

Answer

엄마랑 주먹다짐한 건
아닐 거 아냐.

○
○

 나이가 들수록 엄마랑 사이가 벌어지다니, 왜 그럴까?

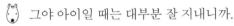 그야 아이일 때는 대부분 잘 지내니까.

나이가 들수록 엄마랑 사이가 벌어지다니, 왜 그럴까? 엄마가 시키는 대로 하니까?

아니면 아이가 원하는 걸 엄마가 다 들어줬기 때문일 수도
있고.

그렇구나. 어른이 되면 사이가 벌어지는구나.

포로리도 엄마랑 딱히 잘 지내지 않는걸.

하지만 포로리는 엄마를 돌봐주고 있잖아.

돌봐드려야 하니까.

실은 하기 싫어?

부모님 병간호를 좋아하는 사람은 없을걸.

그렇구나.

엄마랑 잘 못 지내겠으면 집을 나와서 살면 좋지 않을까?

집을 못 나오는 이유가 있을지도 몰라.

어떤 이유?

역시 엄마가 좋은 건지도 모르지.

늘 만날 수 있는 곳으로 이사 가면 되잖아.

그렇게 하면 어떻게 돼?

조금 편안해지겠지.

그렇구나. 늘 만난다면 싫증 날 수도 있으니까.

늘 만나면 누구라도 싫증 나는걸.

이 사람, 집을 나갈 수 있을까?

못 나갈거면 나중에 무슨 말을 듣더라도 신경 안 써야 돼.

하지만 신경 쓰이겠지. 자기를 '소심'이라고 했는데.

엄마는 '대범'이라고 하고. 어쩌면 이 사람
엄마랑 싸운 지 얼마 안 된 거 아닐까?

아. 그럴지도 모르겠네. 포로리 엄마는 어떤 분이셔?

평범해. 평범하게 예뻐해줬고, 평범하게 화냈고, 평범하게 싸웠어.

엄마 좋아했어?

좋아했지만, 평범하니까 잘 모르겠어. 자기 부모님에 대해서는 잘 모르는 거라고 봐.

나도 엄마에 대해서 잘 몰라.

아빠는 좋아해?

좋아해. (단호)

아하하하. 역시. 포로리 엄마는 평범하고 보노보노 아빠는 특이하고, 어떤 게 좋은 걸까?

아, 평범한 게 좋은지 특이한 게 좋은지?

응. 너무 똑 부러지는 엄마라면 별로일지도 몰라.

그런가. 난 맞느냐 안 맞느냐라고 생각하는데.

궁합?

맞아 맞아. 궁합.

그럴지도 모르겠네. 그러니까 궁합이 안 좋아지면 떨어져 지내는 게 좋아. 왜냐하면 부모 자식이라고 해서 잘 지내리라는 보장은 없으니까. 아, 말이 나와서 말인데 너부리네 집은 어떻게 지내고 있을까?

그러게.

[너부리네]

🦝 뭐야. 귀찮아. 또 왔냐!

🐰 미안 미안.

🦝 오늘은 또 뭔데.

🐶 이 사람, 엄마랑 사이가 벌어졌는데, 어떻게 하면 좋겠느냐고 묻네.

🦝 뭐어? 마음이 안 맞게 됐다구? 그거야 당연하지.

🐱 너부리는 아빠랑 마음이 맞아?

🦝 맞을 리 없잖아.

🐶 하지만 너부리 아빠랑 너부리는 어딘가 통하는 느낌이 들어.

🦝 어디가?

🐶 어디가 그러냐고 물어보면 모르겠지만…….

🐱 나도 너부리네는 어딘가 마음이 통한다고 생각해.

🦝 어디가?

🐱 어디가 그러냐고 물어보면 모르겠지만…….

🦝 똑같은 말 하지 마!!!!

(엉덩이 킥!)

🐱 아야야야야야……

🦝 참나. 그럼 묻겠어. 마음이 통한다는 게 어떤 거야?

🐱 어떤 걸까? 서로에 대해서 아는 건가.

그야, 뭘 생각하는지는 대부분 알겠어. 오늘 저녁밥이 뭐일지도 대부분 맞추니까. 하지만 그건 당연한 거야. 가족은 계속 같이 있잖아.

그건 그러네. 그럼 마음이 통하는 건 다른 걸까?

서로 좋아하는 거 아닐까?

안 좋아해. 나, 세상에서 제일 싫은 게 우리 아빠야.

진짜?

진짜야. 어제 또 싸웠어. 진짜 싫어.

너부리는 이 사람이 어떻게 했으면 좋겠어?

그냥 지금 그대로 괜찮지 않아?

뭐? 하지만 어떻게 하면 좋겠냐고 묻는데…….

뭐랄까. 곤란한 일이 생기면 금세 뭔가 하려고 하거나 어떻게 해보려고 하는 건 너무 생각이 많은 거야.

아, 그럴지도 모르겠네.

딱히 엄마랑 주먹다짐한 것도 아니잖아.

주먹다짐은 안 했어.

그럼 아직까진 괜찮아.

아무것도 안 해도 돼?

앞으로 무슨 일이 벌어질지 잘 봐두라고.

엄마랑 진짜 싸우게 되면 어떡해?

그럼 싸워. 안 싸우기 때문에 안 통하는 거라고 봐.

싸우면 마음이 통해?

조금이더라도 지금보다야 낫지.

하지만 계속 싸우기만 하다가 말도 안하게 될지도 몰라.

그래도 무슨 일이 벌어지는지 보라고. 그다음이 어떻게 될지 지켜보는 거야.

이 사람, 집 나와서 다시 안 돌아가면 어떡해?

그거야 뭐, 자기가 그러기로 했다면 그걸로 된 거지.

그런 건 해피엔드가 아니잖아.

해피엔드라고 해서 해결된 게 아니야. 거기서 스스로 '뭐, 됐지 뭐'라고 생각할 수 있느냐 못 하느냐지.

응응. 그렇지.

게다가 말야. '뭐, 됐지 뭐'라고 생각한다 해도 그게 끝이 아니야.

또 남았지.

맞아 맞아. 계속 이어져. '뭐, 됐지 뭐'가 '열받네'가 되기도 하고 '와, 괜찮네!'가 되기도 해. 해피해져도 엔드는 아니라는 말이야.

오오오오옷!! 너부리, 굉장해! 해피해져도 엔드는 아니라니, 이거 명언 아냐?

아니 아니 아니, 너 나 바보 만드는 거냐?

아니라니까.

그래? 그래? 그럼 됐고. 후후후.

(뒤에서)

풋. 뭐가 '해피해져도 엔드는 아니야'냐?

🦊 앗, 아빠…….

🐺 뭐 잘났다고 설교하고 있어? 나는 말이야, 내 자식이 다른 누구한테 설교하는 것도 싫지만 그걸 뒤에서 지켜보는 건 더 싫어. 하지만 뭐가 제일 싫으냐면, 그 설교에 조금 감동받는 내 모습이야!!!!!! (설썩!)

🦊 아야야야얏! 감동받았다면서 왜 때려!

🐺 왜냐니. 칭찬하는 거야.

🦊 때리는 게 칭찬이야?

🐺 나는 말이다. 칭찬할 때는 때려!! 또 칭찬해주마! 됐냐?!

🦊 됐어! 칭찬해주지 마!

🐺 안 돼!! 이 녀석!!!! (퍽퍽!)

🦊 아아아악!!

🐺 어때! 내가 칭찬해주니 기분 좋냐?!

🦊 기분 좋을 리가 있냐!!

(뒤에서)

🐻 으흠. 이거, 틀림없이 마음이 통하는 거 아닌가?

🦭 응응응.

" 궁합이 안 좋아지면 떨어져 지내는 게 좋아.
왜냐하면 부모 자식이라고 해서
잘 지내리라는 보장은 없으니까. "

사람 사귀는 데
서툴러요.

저는 원래부터 사람 사귀는 데 서툴렀어요. 아이가 초등학교에 입학하고 나니 애 엄마들하고 어울리는 게 곤욕입니다.

아이가 다니는 학교는 학생 수가 적어서 한 학년에 한 반밖에 없기 때문에 앞으로 6년 동안 같이 어울려야 합니다. 애들 엄마가 부르면 차마 거절도 못 하고 나가서는 하루 종일 억지웃음만 짓고 있어요. 피곤한 몸으로 집에 돌아와서는 남편한테 투덜대고요. 이런 성격, 어떻게 고치면 될까요?

Answer

친해질 것 같은 사람을
찾는 거야.

😊 누구 사귀는 거, 나도 잘 못 해.

🐺 포로리도.

😺 잘하는 사람이 있을까?

🐺 그야 있겠지. 그런 사람은 일부러 남의 집에 가서 수다 떨고 그래.

수다 떠는 게 편해지면 사람 사귀는 것도 편해져?

그럴지 몰라도, 누구랑 수다를 떠느냐가 중요한 거 아닐까?

역시 싫어하는 사람이랑은 싫달까.

그거야 싫지. 싫어하는 사람하고는 만나는 것도 싫잖아.

그러게. 앞으로 6년 동안 같이 어울려야 한다니 힘들겠네.

6년은 기네. 하지만 6년 동안 만나면 뭔가 일어나는 거
아냐? 누군가랑 진짜 친구가 될지도 모르고.

그러게. 혼자가 아니라 다섯 명 정도 친구가 생길지도 몰라.

다섯 명이나 필요 없지.

친구는 많은 게 좋은 거 아냐?

그래? 포로리는 보노보노 말고 한 명이나 두 명 정도만
있으면 되는데. 이 사람도 남편이 불평을 들어준다고
써놨네. 괜찮지 않아? 남편이 있으니까.

응응. 남편하고 친구가 될까?

뭐랄까. 남편은 친구 이상이지.

그렇구나. 그럼 괜찮겠네.

하지만 앞으로 딱히 좋아하지도 않는 사람들하고
만나야 하니까, 그건 좀 싫겠다.

그럴 때는 집에 와서 남편한테 투덜거리면 되잖아.

남편도 계속 불평을 듣고 싶지는 않을 거라고 봐.

으흠. 역시 남이랑 잘 사귀는 누군가한테 물어보자.

233

[울버 아저씨네]

응? 사람 사귀는 게 서툰 사람은 어떻게 하면 되냐고?

네. 이 사람이 곤란해하고 있거든요.

나도 누구랑 사귀는 거 서툴러.

네? 아저씨가요?

가능하다면 아무하고도 만나고 싶지 않다구.

'이런 성격은 어떻게 고치면 될까요'라고 써 있는데요?

안 고쳐도 돼. 사람 사귀는 건 다들 싫어해.

하지만 아저씨는 남의 집에 가서 수다 떨고 그러잖아요.

그건 꼭 가야 되니까 가는 거지 좋아서 가는 게 아냐.

왜 가는데요?

다들 건강하긴 한지, 곤란한 일은 없는지, 뭔가 달라진 건
없는지 이래저래 알아둬야 하니까.

억지로 간다는 거예요?

그렇지.

진짜요?

그렇다니까. 그런 거 안 해도 되면 집에서 느긋하게
낮잠이나 자겠지.

하지만 아저씨, 전에 보니까 낮잠 자던데요.

낮잠 정도는 자지! 내 말은 남의 집에 가야 되니까
가는 거라는 얘기야.

왜 꼭 가야 되는데요?

'누군가 병에 걸려서 큰일이라도 나면 어떡해' '누군가 곤란해져서 이상해지면 어떡해' '뭔가 변화가 생겨서 힘든 일이라도 생기면 어떡해'라는 생각을 하기 때문이야.

큰일이 안 나도록 남의 집에 들르는 거라고요?

맞아 맞아. 큰일 나는 건 싫으니까. 이 사람 역시 안 가면 큰일 날지도 모르니까 꾸역꾸역 가는 거야. 꾸역꾸역 갈 수밖에 없잖아?

하지만 6년이라고요.

6년이라도 꾸역꾸역 가다보면 적응돼.

그럴지도 모르겠네요.

난 8년 동안 매일 외딴 산에 있는 나무를 자르러 갔어.

그런 짓을 왜 했어요?

그거야 나무가 너무 많아지면 말라버리기 때문이지.

우와.

매일 땀으로 끈적끈적해졌다구. 손은 너덜너덜해지고 나무에서 세 번이나 떨어졌어. 두 번이나 나무에 깔리기도 했다구. 그거에 비하면 사람 사귀는 거에 서툰 것 따위 뭐 대수라고.

아니 아니, 그건 다르죠…….

게다가 벼랑에서 떨어져서 다리를 다쳤을 때는, 사계절 내내 매일 아침마다 저 아래 차가운 얼음물에 발을 담그러 갔어. 겨울에는 추운 정도가 아니라 숨이 멎는다고. 발도 동상에 걸리고. 그 괴로움에 비하면 사람 사귀는 것에 서툰 것 따위 별일도 아니지.

하지만 그건…….

그리고 도망간 마누라를 찾느라 7년 동안 안 가본 데가 없어. 낯설다는 이유로 괴롭힘 당하고, 백곰한테 잡아먹힐 뻔하지를 않나, 꽁꽁 언 바다에 빠져서 심장은 멎질 않나…… 먹을 것도 없어서 몸무게가 반으로 줄기도 했어. 그 괴로움이 비하면, 사람 사귀는 게 괴롭다고? 까불지 말라고 해!!

그러니까 그건 알겠는데요! 이제 와서 그런 말 해봤자 소용없잖아요!

뭐라고? 뭐가 소용이 없어, 나는 있지. 큰곰 대장이 산으로 숨어 들어갔을 때도 5년간 매일 47킬로미터, 왕복 94킬로미터를 걸어서 만나러 갔다구! 솔직한 말로 지금까지 무릎이 후들거려! 그거에 비하면 사람 사귀는 게 괴롭다니…… 까불지 마아!!!

아저씨, 아저씨. 진정해요.

됐냐? 고생은 상대적인 거야. 사람 사귀는 게 서툰 걸 극복하고 싶다면 더욱더 괴롭고 독한 일을 겪어봐야 돼. 그럼 사람 사귀는 것쯤은 매일 똥 누는 정도의 고통밖에 안 될 거라구!! 알겠냐?!

네 네 네 네 네 네. 알겠습니다. 이제 됐어요. 갈게요.

응응. 갈까?

잠깐…….

네?

조언 하나만 하지. 이 엄마들 중에 딱 한 사람이라도 좋으니까, 친해질 것 같은 사람을 찾는 거야.

한 사람이라도 괜찮아요?

응. 그것만으로도 꽤 많이 바뀔 테니까.

그다음에는요?

몰라. 지금보다는 낫겠지.

그런가…….

그렇구나…….

응.

고마워요.

아저씨, 고마워요.

신이 있긴
합니까?

○
○

신이 있긴 합니까? 신이 필요하긴 합니까?

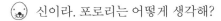

Answer

나도
있다고 생각하는데.

○
○

신이라. 포로리는 어떻게 생각해?

없다고 생각하는데, 없다고 하면 설명 안 되는 일들이
너무 많긴 해.

그럼 있어?

있다고 해도 설명 안 되는 일들이 너무 많아.

그럼 어느 쪽이야?

으흠. 아무것도 증명하지 않아도 된다면 있다는 쪽.

나도 있다고 생각하거든.

왜?

그러니까 나 있잖아, 스스로 나를 만든 게 아니니까.

엄마가 만든 거잖아.

하지만 엄마도 분명 자기가 만든 게 아니라고 말할 것 같아.

아, 과연 그렇겠네. 분명 그렇게 말 안 할 거야.
자기가 낳았다고는 할지 몰라도.

응응. 어떻게 만드는지도 모르고.

그러게. 정말 수수께끼야. 만드는 법 같은 것도 모르는데
배 속에서 커지니까.

그렇지.

응.

누가 엄마 배 속에다 만든 걸까 싶기도 하고.

으흠. 역시 누가 만든 것 같지?

만약 누가 만든 게 아니라 제멋대로 생겨났다면,
역시 신이 만든 것 같지 않아?

그러게. 아니면 신 말고 다른 '무벤바 님'이라는 사람이
있다면 또 몰라도.

무벤바 님? 아하하하하하. 무벤바 님은 뭐 하는 사람이야?

심장 같은 걸 움직여.

아, 심장. 심장 같은 건 우리 스스로 움직이는 게 아니지.

맞아 맞아. 누가 움직이는 건지 너무 신기해.
자기가 움직이는 게 아니라면 언제
멈춰버릴지도 모르고. 진짜네, 보노보노.
아까 자기가 자기를 만든 게 아니라고 했지만
자기가 자기를 움직이는 것 같지도 않지.

먹을 걸 구하거나 먹는 건 우리지만,
소화를 시키는 것도 우리가 안 하는걸.
배고파지는 것도 우리가 하는 게 아냐.

그렇지. 누군가 해주고 있어. 그건 무벤바 님이 아니라
'칸페로 님'일지도 몰라.

아하하하하하. 칸페로 님.
그건 역시 몸이 하는 일이지만 몸은 신기해.
왜 모든 걸 다 해주는 걸까?

진짜 진짜. 이상한 생각을 하는 것도 왜 그런 생각이
나는 건지 모르겠고.

생각해본 적 없는 일이 갑자기 머릿속에 떠오르는 건
대체 뭘까?

생각하는 것도 누군가 해주는 것 같아.
그건 '스킷페 님'이란 사람이 하는 건지도 몰라.

아하하하하하. 스킷페 님. 역시 신은 없는 걸까?

신이 없다고 해도 다른 누군가는 있다고 봐.

맞아 맞아. 누굴까?

왜냐하면 이 숲도 이렇게 깨끗하면서도 더럽고 냄새나고,
재미있는걸.

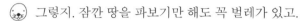

그렇지. 잠깐 땅을 파보기만 해도 꼭 벌레가 있고.

벌레 따윈 아무 상관 없어! 뭐가 가장 신기하냐면,
이 세상이야. 누가 만들었는지도 모르는 곳에서
모두 아무렇지도 않게 살고 있다는 게 믿을 수 없어.

그렇지. 언제 죽을지도 모르는데.

진짜. 다들 반드시 죽을 텐데.

하지만 진짜로 죽을까?

응? 안 죽어?

우리가 생각하는 거랑 다르게 죽을지도 몰라.

다른 느낌으로 죽는다고?

응. 왜냐하면 왠지 이 세상이란…… 음, 있지……
너무 대단하다고 할까…… 뭐랄까…… 완전하달까?

완벽하다고?

맞아 맞아 맞아!! 완벽해!!

뭐랄까, 너무 완벽하지.

맞아!! 누가 만든 게 아닌 것처럼 완벽하지만, 누가 만들지
않았다면 절대 불가능할 정도로 완벽하다고 생각해.

오오오오오오! 보노보노, 굉장해! 그거 명언이군요!

그러니까 이 세상은 우리가 이해 못 할 정도로 완벽한 거야.

응응응응. 포로리 왠지 울 것 같아…….

그렇게 완벽한데 우리가 생각한 대로 죽을까?

진짜. 진짜. 그러게 말야.

그럼, 이 사람 상담은 이걸로 된 걸까?

아, 이 사람 신이 있냐는 질문 말고도 신이 필요하냐는 질문도 썼어.

필요한 사람에게는 필요하다고 봐.

그렇지. 필요한 사람은 믿으면 되고.

응. 왜냐하면 진짜로 누군가 존재하니까.

" 그러니까 이 세상은
  우리가 이해 못 할 정도로 완벽한 거야. "

딸이 백수랑
사귀기 시작했어요.

○
○

스무 살짜리 딸이 백수랑 사귀기 시작했습니다. 남편은 무섭게 반대하지만, 저는 딸의 인생이라고 생각해요. 엄마로서 잘못하고 있는 건가요?

엄마가 딸에게
이것저것 조언해주면 어떨까?

○
○

😐 엄마가 잘못하는 건 아니지.

🐿 그러게.

😐 백수란 일을 안 한다는 거야?

🐿 그렇다고 봐.

😐 일을 안 하는 건 안 좋은 거구나.

그거 말고도 안 좋은 게 있을지도 몰라.

이 남자가 어떤 남자인지 모르잖아.

딸이 어떤 사람인지도 몰라.

아빠가 어떤 사람인지도 모르고.

이 엄마도 어떤 사람인지 모르는걸.

상담하는 거, 어렵네.

응. 실은 이런 거 다들 어려워하지 않을까?

그런가…… 하지만 뭔가 답을 해줘야 하는데.

으흠…… 결혼한다는 것도 아니니까 뭐 괜찮겠지.

결혼한다고 하면 문제야?

결혼해버리면 쉽게 헤어질 수 없잖아.

그렇구나.

아버지는 반대하니까, 엄마가 딸한테 이것저것
조언해주면 어떨까?

그러게. 그래서 딸이 행복해 보인다면 아빠도
인정해줄지 몰라.

맞아 맞아. 그러면 되지 않을까?

엄마가 무슨 조언을 해주면 될까?

그건 모르겠는데…….

'행복해지렴'이라든가.

그건 조언도 뭣도 아니잖아.

아, 감상인가?

감상이 아니라 바람이지.

그런가. 어렵네.

아까도 어렵다고 했잖아.

그랬어?

으흠. 딸이 그 남자랑 잘 안 되면 어떻게 하지?

아, 그런가.

잘되는 경우랑 잘 안 되는 경우가 있다면, 잘 안 될 때가
더 많아.

잘 안 되면 헤어지면 되는 거 아냐?

그건 그렇지만, 잘 안 되면 상처받을 거 아냐.

응응.

그때 딸이 혼자 이겨낸다면 좋을 텐데, 모를 일이지.

엄마는 그런 것까지 다 생각하고 있는 거 아닐까?

그러게. 아마 잘 안 될 경우도 생각하고 있을 거야.
하지만 엄마는 잘 안 되도 괜찮다고 생각할지 몰라도
딸은 아닐 수 있어.

슬퍼할까?

그야 당연히 슬퍼하겠지. 앗, 포로리는 왠지 지금 아빠랑
똑같은 말을 하는 거 같네.

그러네. 이 아빠도 똑같은 생각 때문에 슬픈 걸지도 몰라.
'잘 안 되면 딸이 슬퍼하겠지' 하고.

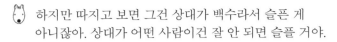 하지만 따지고 보면 그건 상대가 백수라서 슬픈 게
아니잖아. 상대가 어떤 사람이건 잘 안 되면 슬플 거야.

응응. 그렇지.

상대가 어떤 사람이라 해도 잘 안 되면 슬프지. 이 남자랑
안 사귄다고 해서 앞으로 딸의 인생이 잘 풀릴 것도 아니고.

그러게. 그러니까 백수인 건 상관없지 않아? 게다가 딸은
지금 즐겁지 않을까?

그러게. 즐겁겠지.

우리, 잘 안 될 경우만 생각했네.

그야 잘되면 아무 문제도 없으니까. 엄마도 흐뭇하게
지켜보고만 있어도 되고. 진짜로 그렇게 되면 좋겠지만……
아, 어쩐지 포로리, 딸이 아니라 아빠를 걱정하는 것 같네.

으흠. 상담하는 건 어렵네.

어렵다는 말, 벌써 세 번째야.

바보가 되는 법을
    가르쳐주세요.

    ○
    ○

다 내려놓고 바보가 되질 못합니다.
가끔은 술에 취하거나 미친 듯이 망가지고 싶은데 이성이 방해하네요.
바보가 되는 법을 가르쳐주세요.

Answer

바보는
멋있거든.

    ○
    ○

🐭 바보가 되는 방법이라니?

🐭 그 말인즉슨, 이 사람은 망가지지 못한다는 말이지.

🐭 시끌벅적 소란 피우지 못하는 거야?

🐭 맞아 맞아.

🐭 왜 바보가 되고 싶은 거야?

다른 사람들처럼 바보가 돼서 소란 피우고 싶은 거겠지.

바보가 되고 싶은 게 아니라 다른 사람들하고 소란 피우고 싶은 거네.

맞아 맞아 맞아.

진짜 바보가 되고 싶은 건 줄 알았어.

아하하하.

별로 소란 안 피우는 사람이랑 친구 하면 되는 거 아냐?

그건 그렇지. 어쩌면 진짜로 바보가 돼서 소란 피우고 싶은 건지도 몰라.

으흠. 바보가 되는 방법이라…….

[홰내기네]

왜 나 있는 데로 왔어!!

그게, 홰내기는 엄청 밝고 왁자지껄하잖아.

맞아 맞아. 노래도 부르고.

왠지 내가 바보가 된 것 같잖아.

그런 거 아냐.

'그런 거 아냐'라는 말을 들으면 도리어 화가 나.

자, 자, 홰내기. '바보가 되는 방법'이 아니라
'바보가 될 수 있는 방법'을 가르쳐줬으면 좋겠어.

응응. '바보가 될 수 있는 방법'이라고 말해주니 조금 낫네.
'바보가 되는 방법'이라고 하면 내가 꼭 바보 같으니까.

미안.

근데 말야. 이 사람, 바보가 되는 게 즐겁다고 여기지 않는 한 힘들 것 같아.

아. 바보가 되는 게 즐겁다고 여기지 못하면 바보가 될 수 없다는 뜻이야?

응. 바보가 되는 게 즐겁다고 생각하지 않는 사람이 바보가 되면 엄청 풀 죽을 것 같아.

아하하하. 그건 그렇네. 그럼 바보가 되는 게 즐겁다는 생각은 어떻게 할 수 있어?

난 말야. 백 미터 달리기 못 하는 사람은 힘들다고 생각해.

백 미터 달리기?

응. 갑자기 백 미터 달리기를 하는 거야.

어떻게 하면 돼?

'어떻게'라니. 갑자기 백 미터를 달리면 돼. 알겠어? 보여줄게.

응.

꺄아아아아아아아아아아아아!

(다다다다다다다다다다다다다다다다다다)

하아, 하아, 하아, 하아.

해내기, 어땠어?

아니, '어땠어'라니? 나한테 물어보면 어떡해. 어쨌든 이걸 못 하는 사람은 절대 바보가 될 수 없어.

아, 왠지 알 것 같아. 갑자기 전력 질주하라고 해도
못 뛰는 사람이 있지.

맞아 맞아. 게다가 누가 보고 있다면 더 그래.

나 뛸 수 있어. 해볼까?
와아아아아아아아아아아아아!

(도도도도도도도도도도도도도도도도도도도도도)

하아, 후우, 후우, 후우, 하아.

응응. 뛰는 건 느려도, 보노보노도 바보가 될 수 있다고 봐.

포로리도 해보면 어때?

아니, 포로리는 됐어.

포로리는 못 해?

하겠다고 맘먹으면 할 수 있지!
우햐아아아아아아아아아아!

(탁탁탁탁탁탁탁탁탁탁탁탁탁탁탁탁탁탁탁탁)

빠르네!

어때? 했지?

좋아. 괜찮아! 다들 제대로 바보가 될 수 있겠어!

아니, 바보가 되고 싶은 건 포로리가 아니라 이 사람이라구!!

아, 그렇군 그렇군. 그랬지.

바보가 될 수 있는 특별 훈련 같은 건 없어?

그러니까 지금 한 '백 미터 달리기 권법'이지.
그거랑 '갑자기 빵 터지기 권법'이라는 것도 있어.

그건 어떤 거야?

갑자기 사람들 앞에서 엄청 큰 소리로 껄껄 웃기
시작하는 거야.

그럼, 내가 먼저 해볼게.

아냐 아냐, 보노보노는 안 해도 돼!

아, 그렇구나.

'갑자기 나무 오르기 권법'도 있어. 갑자기 나무에 올라가기
시작하는 거야.

으흠, 그건 조금 힘들겠네.

응. 모르는 사람이 보면 바보인 줄 알아.

그건 이 사람한테 연습하라고 하고, 그나저나 왜 망가지지
못하는 걸까?

으흠. 사람은 다 다르니까. 이 사람은 이성을 들먹이지만
이성하고는 상관없어. 남들이 자길 바보라고 생각하는 게
싫을 뿐이야.

그럼 망가질 수 있는 사람이란…….

자길 바보로 여기길 바라는 사람이지.

왜 바보로 여기길 바라는 걸까?

바보는 멋있으니까.

바보가 멋있어?

응. 상식에 사로잡히지 않는 녀석이잖아.

우오오. 상식에 사로잡히지 않는 녀석!

이 사람, 아마 바보를 보고 멋있다고 느낀 적이 없을 거야.

멋있는 바보를 본다면 바보가 될 수 있을까?

될 수 있을지도 몰라.

멋있는 바보라…… 누가 있을까?

없는 것도 아니지.

[거친 벼랑 아래]

여기서 뭐 하게?

양지로라는 양 아저씨가 벼랑에서 뛰어내리기를 해.

벼랑에서 뛰어내리기라니?

밧줄로 발을 묶고 벼랑에서 뛰어내리는 거야. 밧줄 길이는 벼랑 높이랑 비슷해서 뛰어내리면 땅에 닿을락 말락 하지.

허억. 위험하지 않아?

다들 위험하니까 그만하라고 하는데도 '나 좋아서 하는 거야'라면서 매일 혼자 하고 있어.

그게 멋있어?

나는 멋있다고 생각한 적 있어.

와아!

봐! 보라구! 양 아저씨가 나왔어!

아, 진짜네.

저렇게 높은 데서 뛰어내리는 거야?

봐! 저기 봐! 한다.

우왓. 위험해.

(차악)

앗!

날았다!

우아아아아아아앗!!

(휘~~~~~~~~~~~~~~~~~~~~~~~~익!)

아…….

위험해.

그래도 착지!

아, 집에 간다.

손을 흔들고 있어.

진짜네.

가끔 견학생이 있으면 기분 좋은가봐. 아하하하. 어땠어?

…….

…….

멋지지 않았어?

저런 걸 왜 하는 거야?

그러니까 말야. 하고 싶어서 하는 거래.

으흠…….

보노보노는 어땠어?

역시 위험해.

위험해서 하고 싶댔어. 멋지지 않았어?

아니. 미묘하네.

보노보노는?

위험해.

그건 알았으니까, 멋지지 않았냐고?

별로 멋지지 않잖아. 이 사람도 딱히 무리해서
바보가 되지 않아도 될 것 같은데.

응. 모두가 바보가 되면 큰일이지.

그런가. 뭐, 그렇겠지.

바보가 되고 싶으면 아까 가르쳐준 바보가 되는
특별 훈련을 하는 게 좋겠어.

응응.

오케이! 그럼, 갈까?

돌아가자.

응.

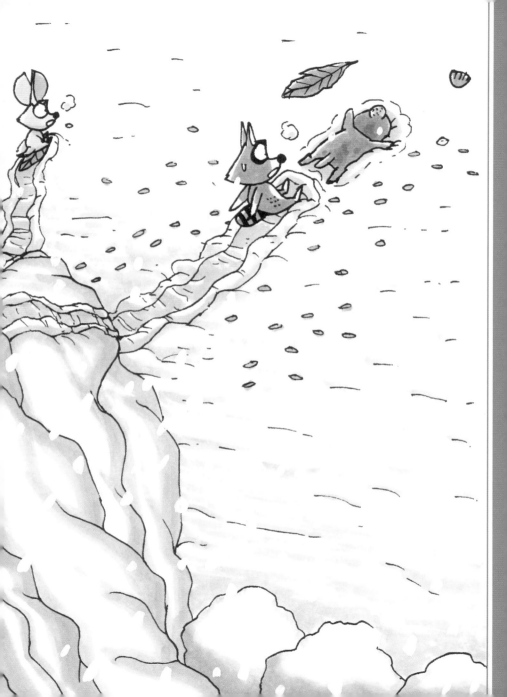

도저히

토마토를 못 먹겠어요.

○
○

저는 토마토를 도저히 못 먹겠습니다.
어떻게 하면 먹을 수 있을까요?

Answer

맞아 맞아 맞아.
맛있다고 굳게 믿는 거야.

○
○

 토마토라니?

글쎄, 분명 먹는 걸 거야. 포로리는 먹어본 적 없지만.

나도 먹어본 적 없어.

어쨌든 편식이구나. 먹을 수 있게 되면 좋겠네.

포로리는 못 먹는 음식 있어?

응. 토리게제 열매 같은 건 먼지 냄새도 나고 엄청 매워서 못 먹어.

나는 카리게. 잡아서 먹으려고 하면 꽉 깨물어.

꽉 깨물면 못 먹지.

응. 그리고 장어도 못 먹어.

왜?

기다랗고 미끌미끌하니까.

미끌미끌한 건 곤란해. 하지만 못 먹어도 곤란하진 않잖아.

응응. 나도 장어 못 먹어도 곤란하지 않아.

이 사람은 토마토를 못 먹어서 곤란한 걸까?

못 먹으면 병에 걸리거나 죽을지도 몰라.

그럼 먹어야지.

응. 그렇지. 나도 아빠가 쑤기미 먹어보라고 해서 안 먹었는데도 병에 걸리지는 않았어.

그렇게 쉽게 병에 걸리지는 않아. 토마토는 분명 몸에 좋은 음식일 거야. 하지만 포로리랑 보노보노는 먹어본 적 없고 그런 게 있는지도 몰랐잖아.

응응. 몰랐으니까 못 먹어.

그런 거야. 토마토 따위 몰랐던 걸로 하면 어때?

앗. 그런가. 모르는 건 못 먹으니까.

그래. 그거 말고도 우리가 모르는 엄청 몸에 좋은 음식은 많겠지만 모르니까 못 먹잖아? 하지만 병에 걸리지 않는걸.

그렇지. 안 먹어도 괜찮지. 모르는 거니까.

맞아. 그걸로 오케이야.

하지만 '어떻게 하면 먹을 수 있을까요?'라고 썼어.

아…….

먹고 싶은 걸까?

으흠. 먹고 싶지는 않지만 먹어야 하는 거겠지.

왜 먹어야 하는 걸까?

못 먹는 게 창피한가봐.

아, 다들 먹으니까.

맞아 맞아.

어떻게 하면 먹을 수 있을까?

으흠.

나 말야. 전에는 성게를 못 먹었거든.

지금은 먹어?

응. 지금은 엄청 좋아해.

오오. 어떻게 먹을 수 있게 된 건데?

있잖아. 나 말야. 먹을 수 있도록 엄청 준비했어.

호, 어떤 준비?

일단은 말야, 한 달 전부터 '먹을 거야' 하고 결심을 해.

우와!

그런 다음에는 성게 맛을 상상해. '온천 같은 맛이었지'라고.

성게가 온천 같은 맛이야?

응. 살짝 짠 온천 맛 같아. 그다음엔 식감이야.
성게는 끈적끈적하거든.

온천 맛에다 끈적끈적하다니…… 좀 싫다.

응. 하지만 그걸 '맛있다'고 생각하는 거야.

굳게 믿는 거야?

맞아 맞아 맞아. 맛있다고 굳게 믿는 거야.

하하. 중노동이네.

중노동이라니?

아냐, 됐어. 그리고?

응. 그다음에는 계속 머릿속으로 연습해.
맛있는 음식이란 성게 맛이 나는 음식이라고.

으흠. 그건 대단하네.

그렇게 하면 점점 성게가 먹고 싶어져.

과연 그렇구나. 그래서 한 달 지나서 먹어봤다고?

응. 금방 안 먹고 좀 참았다 먹었어.

그래서? 어땠어?

으햐!!!!! 맛있었어!!!!

오오오오오! 그건 대단해!

그리고 또 한 가지.

뭔데?

성게 맛 말이야. '성게는 멋있는 맛이 나는구나' 생각했어.

하아! 멋있는 맛이라고?

그래서 성게를 먹는 나 자신도 멋있다고 생각하는 거야.

과연 그렇구나. 그랬더니 성게가 좋아졌다고?

응응. 이젠 너무 좋아.

오오. 그럼 그걸로 해결이네. 토마토를 먹으려면
한 달 전부터 결심한 다음 여러 번 머릿속으로 토마토의
맛과 식감을 떠올린다. 그거야말로 '맛있는 음식의
맛'이라고 굳게 믿는다. 그래서 점점 먹고 싶어지더라도
조금 더 기다리면서 참다가, 한 달 지났을 때 토마토를
먹어본다. 그러면 너무나 신기하게도, '마, 맛있다'!!
그리고 당신은 토마토와 사랑에 빠집니다.

그리고 '멋있다'도 있어야지.

아 맞다 맞다. 토마토는 멋있는 맛이 나고,
그걸 먹는 자신도 멋있다고 생각한다.

응응. 그럼 될 것 같아.

하지만 만약 이렇게 해도 못 먹는다면?

으흠. 엄청 작게 잘라서 먹으면 어때?

으깨서 먹거나, 다른 거하고 섞어 먹거나?

응.

그렇게까지 해서 먹어야 하는 걸까?

그러게 말이야. 역시 본 적도 없고 들은 적도 없는
음식으로 여기는 게 어때?

그럼 되겠다.

두 번 자게 됩니다.

저는 아침에 일어나는 게 너무 힘들어서, 일찍 일어나도 침대 안에서
꼼지락대다가 또다시 잠이 듭니다.
어떻게 하면 정신을 바짝 차리고 일어날 수 있을까요?

Answer

아침에 일어나면
새우를 먹을 수 있어.

나도 아침에 잘 못 일어나는데.

포로리도. 그렇게 벌떡 일어날 수 있는 사람이 있을까?

우리 아빠는 엄청 소리 내면서 일어나.

어떻게?

뭐랄까. 오늘은 '오헤아아아아앗'이었어.

그러면서 한번에 일어나?

응. 일어나.

대단하네.

어떤 소리를 내는지는 그때그때 달라.
'아야아아아아앗'일 때도 있었어.

그럼 옆에서 자는 보노보노는 시끄럽잖아.

그게 왜 그러냐면, 날 깨우려고 그러는 거야.

아, 그런가. 그래서 보노보노는 일어나?

매일 아침 그러니까 이제 적응돼서 다시 자.

두 번 자는 거네.

응.

두 번 자는 거 좋아. 왜 그리 포근한 걸까?

행복하지.

그 행복은 두 번 자는 거 말고는 느낄 수 없지.

응응. 그래서 이 사람 어떻게 하지?

으흠. 우리도 딱히 잘 일어나는 게 아니라서.

즐거운 일이 있는 날은 금방 일어나잖아.

그렇지. 하지만 그렇게 즐거운 일이 자주 있는 것도
아니고…… 아, 포로리는 블루베리를 무지 좋아하거든.
그래서 아침에만 블루베리를 먹었더니, 전보다 더 금방
일어나게 됐어.

우와. 아침에 잘 일어나는 데는 블루베리가 좋구나.

아냐! 그게 아니라! 아침에만 좋아하는 걸 먹는 거야. 그러면 금방 일어나게 돼.

아아, 그런가. 나는 새우를 좋아하니까 아침밥은 새우로 하면 되겠네.

맞아 맞아. 아침에 일어나면 새우를 먹을 수 있는 거지.

이 사람도 아침밥을 자기가 좋아하는 걸로 하면 좋겠네. 좋아! 그럼 된 건가.

하지만 요즘에는 좀 적응이 돼서 두 번 자고 일어나서 먹어…….

뭐? 그럼 소용없잖아.

소용없다기보다 그냥 그걸로 된 것 같아.

두 번 자도 괜찮다는 뜻이야?

응. 못 일어나서 꾸물대는 것도 꾸물댈 수 있기 때문이잖아.

뭐, 그렇지. 두 번 자는 것도 여전히 두 번 잘 수 있기 때문일 거고.

진짜로 일어나야 할 때가 되면 일어나겠지.

하지만 늦으면 누가 혼낼지도 몰라.

하지만 안 혼났으니까 안 일어나는 거겠지.

그건 그렇네.

진짜 정신 바짝 차리고 한번에 일어나고 싶다면, 보노보노 아빠처럼 '오헤아아아아아아아앗' 하고 소리치면서 일어날 수밖에 없겠네.

맞아 맞아. 우리 아빠가 재미있는 말을 하면서 일어나면 좋다고 했어.

재미있는 말?

엄청 예전에 '크다구! 크다구! 이번엔 크다구우!
엄청 크다아아아아아아아!' 하면서 벌떡 일어나더니
껄껄 웃었어.

그렇게 웃을 정도면 이미 눈은 떠졌겠지.

그리고 또 '나온다! 나온다! 나온다구!
나왔다아아아아아아아!!' 하면서 벌떡 일어나더니
껄껄 웃었어.

그게 뭐야!

그리고 또 '밀지 마! 밀지 마! '밀면 안 돼!
와아아아아아아아아!!' 하면서 벌떡 일어나더니
껄껄 웃었어.

됐거든!!

결혼은 하는 게
좋을까요?

듣기 지겹도록 주변에서 '결혼은 하는 게 좋아'라는 말을 하지만 저는
딱히 결혼을 위한 노력이나 연애에 관심이 없어요. 주변 사람들은 그런
저를 보고 '앞으로 혼자서 어쩌려고?'라며 오지랖을 떱니다.
'그런 거 상관없어! 혼자가 편해!'라고 생각은 하지만, 역시 혼자 사는
사람은 이상한가요?

Answer

결혼은
의미 있는 일이야.

😊 결혼은 하는 게 좋을까?

🐿 딱히 하고 싶지 않으면 안 해도 되지 않아?

😊 그렇지. 그런데 왜 다들 자기 일에 대해서 남한테 물어보는
걸까?

🐿 혼자 결정하기가 불안해서겠지.

누구한테 물어보는 게 편해서?

편하다기보다는 안심이 되니까. 자기랑 같은 의견을 들으면 마음이 놓이고.

포로리네 누나는 '결혼하면 망가져'라고 말했었잖아.

누나는 망가지는 걸 좋아해. 응? 보노보노, 누나한테 물어보러 가게?

누나는 결혼해서 아이도 있으니까 지금은 어떻게 생각하는지 물어보지 않을래?

[도로리 누나네]

어머, 포로리. 희한하네. 의외야. 웬일이야?

누나한테 좀 물어보고 싶은 게 있어서.

그럼 잠깐 기다려. 내려갈게. 후, 마침 마호모가 낮잠 자는 중이거든. 그래, 물어보고 싶은 게 뭔데?

이 사람이 상담을 하는데, 결혼 안 하고 혼자 살고 싶은가봐.

혼자인 게 좋으면 그렇게 살면 되지. 좋을 대로 하시지 그래?

뭐? 딱히 결혼 안 해도 된다는 거야?

안 하고 싶은데 해봤자 소용없지. 무의미하지.

'결혼하세요. 실행하세요'라고 딱 잘라 말할 줄 알았는데.

누나는 결혼하니까 좋아요?

물론이지. 많은 일들이 있긴 했지만. 세상에는 안 하는 것보다 하는 게 좋은 일이 더 많아. 그게 다수야.

하지만 해서 후회하는 경우도 있을 거 아냐.

안 하고 후회하는 것보다 하고 후회하는 게 더 나아.
그게 우위야.

결혼하고 후회하다니, 어떨 때 그래?

자기 시간이 없어지는 거지. 결혼하기 전하고 비교하면
자기 시간은 80퍼센트 줄어들어. 대감소지.

자기 시간이 20퍼센트밖에 없으면 안 좋은 거 아냐?

아니, 자기 시간이 20퍼센트밖에 없으면 그 시간이 진짜로
맛있는 물처럼 느껴지거든.

귀중해진다고?

귀중하지. 대귀중이야. 지금 생각해보면, 내 시간이
80퍼센트나 90퍼센트 있었을 때는 해도 그만
안 해도 그만인 짓들만 했어.

시간 때우기요?

시간 때우기지. 대낭비한 거지.

왜 자꾸 '대'자를 붙이는 거야?

강조하는 거야. 대강조하는 거지. 하지만 이 사람도
고민하는 것 같은데, 그건 분명 자기 시간이 너무 많아서가
아닐까? 그렇게 되면 해도 그만 안 해도 그만인 짓만 하다가
금방 질려버리곤 하거든.

아니, 이 사람은 일할 것 같은데. 그러니까 자기 시간만 있는
건 아닐 거야.

아아, 그래? 일하는구나. 그럼 더 잘 알겠네. 자기 시간이
얼마나 귀중한지, 대귀중인지.

보노보노의 인생상담

누군가랑 같이 사는 거 귀찮지 않아?

그야 귀찮지. 대귀찮음이야.
원래 아침에는 나만 일어나면 됐는데,
이제는 마호모를 깨우고 남편도 깨워야 하고.
예전에는 내 밥만 챙겨 먹으면 됐는데,
이제는 아이 밥도 먹여야 하고 남편 밥도 차려줘야 하고.

아. 네 네 네 네.

'네'는 한 번으로 족해. 단독 사용해.

그거 말고 결혼하고 후회한 적은 없어?

더는 되돌아갈 수 없는걸.

되돌아갈 수 없다니?

결혼하기 전의 나로는 되돌아갈 수 없다는 말이야.

그건 아니지. 되돌아가려고 맘먹으면 되돌아갈 수 있잖아.

아니, 못 돌아가. 불가능이야.

이혼하면 되잖아?

이혼하더라도 못 돌아가. 불가능이야.

포로리, 불가능이라니?

보노보노는 좀 가만히 있어! 왜 못 돌아가? 마호모를 삐뽀 매형한테 맡기면 다시 혼자가 되는 거 아냐?

아니. 돌아갈 수 없어. 그렇게 혼자가 되더라도 그건 돌아간 게 아니야. 전혀 다른 '혼자'가 되는 거야.

아, 그런 거야? 하긴 다른 혼자가 될 뿐이구나. 그게 괴로운 거야?

🦌 괴로운 게 아니라, 원래대로 돌아갈 수 없다는 게 왠지 조금
쓸쓸한 거야. 상실감이지.

🐴 하하. 하지만 결혼만 그런 게 아니라 세상에 원래대로
돌아갈 수 있는 건 없잖아.

🦌 그렇지. 하지만 왠지 결혼만큼은 다른 것 같아서…….

🐴 우와, 그럼 결혼해서 좋은 점은?

🦌 그건 역시 망가지는 거지. 결혼은 의미가 있어.

🐴 어떤 게 망가져?

🦌 글쎄. 그동안 내가 하고 싶었던 게 대단한 일이 아니었다는
걸 알게 됐어.

🐴 그동안 하고 싶었던 거라니?

🦌 내 경우에는 시를 쓰거나 노래를 부르는 거였어.

🐴 그걸 못 하게 됐는데도 괜찮아?

🦌 아니. 요새도 시를 조금 쓰고 가끔은 노래도 불러.
그걸로 만족해. 그리고 여기저기 여행도 하고 싶었는데
더는 그럴 수 없지.

🐴 가면 되잖아.

🦌 아니. 그런 게 아니라 어렸을 때 보던 낯선 풍경이랑
지금 보는 낯선 풍경이 더는 같을 수 없거든.

🐴 아. 그건 무슨 말인지 알 것 같네.

🦌 하지만 괜찮아. 다른 낯선 풍경을 볼 수 있었으니까.

🐴 다른 낯선 풍경이라니?

🦌 만약 결혼 안 하고 살았더라면, 계속 같은 풍경이 이어졌을

거야. 하지만 결혼하고 나서는 이제껏 보지 못했던
여러 낯선 풍경들을 볼 수 있었어.

그래서 즐거웠어?

물론 즐겁고 아름다운 풍경만 있었던 건 아니지.
더럽고 냄새나는 풍경도 종종 있었어.
하지만 그것 역시 본 적 없는 풍경이었지.

하하. 누나는 역시 망가지는 걸 너무 좋아하네.

맞아. 망가지는 건 좋은 거야. 우수한 거야.

알았어. 그럼 누나, 이 사람은 어떻게 하면 좋을까?

글쎄. 지금 보고 있는 풍경만으로도 괜찮다면
그걸로 된 거 아닐까? 하지만 이제껏과는 다른 풍경을
보고 싶다면 결혼은 가장 좋은 선택 같아.

가장 좋기는 해도 그게 최선인지 아닌지는 모르잖아.

그러게. 최악이 될 수도 있겠지. 하지만 '반드시
행복해진답니다'라고 말하면 결혼하려나?

다들 그런 말을 듣고 싶은 거야. '반드시 행복해져'라는 말.

그러게. 그렇겠지. 어머, 보노보노가 자네.

아하하하. 보노보노. 자, 돌아가자.

포로리.

응?

네가 보기엔 나 어때? 결혼해서 좋아 보여?

으흠. 누나는, 분명 결혼하길 잘한 것 같아.

그래? 잘한 것 같아?

잘한 것 같지 않아?

 응. 잘한 것 같아.

" 다들 그런 말을 듣고 싶은 거야.
  '반드시 행복해져'라는 말. "

생활이 안 될 정도로
수입이 적어요.

○
○

장래희망이었던 피아노 강사가 기껏 되었는데도 생활이 안 될 정도로
수입이 적어요.
현실이 혹독하네요. 직업을 바꿔야 할지 고민 중입니다.
보노보노와 포로리의 생각은 어떤가요?

Answer

역시
돈이 우선 아닐까?

○
○

생활이 안 된다고 써 있어.

다른 사람 편지에도 써 있었던 것 같은데, 돈 같은 게 없는
거 아닐까?

돈이라니?

그게 없으면 생활이 안 되는 모양이야.

그런 게 있어?

있나봐.

돈이 문제야?

그래 그래. 돈이 있으면 해결돼.

그럼, 어떻게든 돈을 구하면 되잖아.

그렇긴 하지만 이 사람은 좋아하는 일을 하고 싶었던 거야. 그걸 포기할 수 없는 거겠지.

하지만 생활이 안 되면 곤란한데.

으흠. 그건 그렇지만.

살고 싶지 않은 건 아니겠지?

살고 싶겠지.

그럼 역시 돈이 우선 아닐까?

왠지 보노보노의 생각은 지나치게 명쾌해…….

그래? 돈이란 음식 같은 거 아냐?

없으면 못 산다는 점에서는 비슷하지.

먹을 걸 찾는 거랑 비슷하다면, 좋아하는 건 그다음에 하면 된다고 생각해.

그건 그렇지만, 어쩐지 지나치게 명쾌해…….

나 먹을 걸 구하는 데 있어서는 고민 안 하거든. 지겹다고는 생각해도.

'비 오는데 나가기 싫네'처럼?

응응. 하지만 그래도 나가.

포로리도 나가.

먹는 거니까 어쩔 수 없다고 생각해.

응. 고민한다 해도 방법이 없을지 몰라.

'왜 먹을 게 없으면 살 수 없는 걸까'라는 생각은 안 하잖아.

그런 생각을 하면 쓸데없는 고생이 엄청 늘어나.

응응. 쓸데없는 고생은 안 하는 게 좋아.

사람들이 보낸 편지를 읽다보면 종종 '돈이 더 필요해'
'돈이 더 많았으면 좋겠어'라고 써 있어.

그런 게 쓸데없는 고생 아니야?

아하하하. 진짜네. 분명 쓸데없는 고생이야.

응. 돈이 많은 사람이란 쓸데없는 고생을
잔뜩 한 사람일지도 몰라.

으흠. 돈이 많은 사람은 먹을 게 많은 데서 사는 사람하고
비슷하지 않을까?

아. 가끔은 먹을 게 많은 데서 사는 사람이 부럽지.

응응. 열심히 찾으러 다니지 않아도 되니까.
얼마든지 먹을 수도 있고.

그러게. 하지만 우리는 먹을 게 많은 데로 이사 가지
않잖아?

아, 그러게. 숲속 친구들은 다 안 그러지.

왜 그럴까?

그러고 보니 정말이네. 다들 이사를 안 가.

그 이유는 이사 가지 않아도 먹을 걸 찾으러 가기만 하면 구할 수 있어서지.

하지만 찾으러 다니는 건 귀찮잖아.

귀찮더라도 찾으러 다니잖아.

왜지? 이사 가면 될 텐데.

먹을 걸 찾으러가는 건 귀찮고 힘들어도 가끔은 즐거울 때도 있잖아.

많이 구했을 때?

응. 맛있는 걸 발견했을 때나.

하지만 그건 결국 먹을 게 많은 데서 사는 사람이랑 똑같은 거잖아.

아, 그런가.

응.

그럼, 아무도 이사 가지 않는다는 건 어쩐지 대단한 것 같아.

그러게. 대단하다고 봐. 그래서 다들 안심하고 사는 건지도 몰라.

응. 그러니까 배가 고플 때만 먹을 걸 구하러 가면 되는 거야.

그럼, 이 사람은 어떻게 하면 될까?

자기를 너무 괴롭히지 말고 일단 돈을 먼저 해결한 다음, 다시 좋아하는 일을 하면 되지 않을까?

응. 왠지 포로리도 그렇게 생각해.

남 잘되는 일에
순수하게 기뻐하지 못해요.

남 잘되는 일에 순수하게 기뻐하지 못하는 저 때문에 고민입니다.
저에게는 없는 걸 가지고 있는 사람과 저를 비교하면서 기쁨보다는 '부럽다'는 마음이 먼저 들어요. 그런 제가 속 좁고 각박하게 느껴져서 자책하게 됩니다.
어떻게 하면 남의 행복을 그 사람만큼 기뻐해줄 수 있을까요?

Answer

이 사람은
좋은 사람 같은데.

 남 잘되는 일에 순수하게 기뻐하지 못한대.

 그렇게 기쁘게 받아들이는 사람만 있는 건 아닐 텐데.

 각자 다르니까.

 이 세상에 남 잘되는 일을 기뻐하는 사람만 있다면
지금보다 더 나은 세상이 되었을 거야.

하지만 그래서 자책하게 된대.

그렇게 생각하는 것만으로도 이 사람은 좋은 사람인 것 같은데.

기쁜 척할 수 있으면 좋겠다.

맞아 맞아. 그럼 되는 거 아냐? 다시 한 번 말하지만 다들 기쁜 척하는 것뿐이니까.

하지만 포로리, 전에 아빠랑 엄마랑 오랜만에 산책했다면서 좋아했었잖아. 그때 나도 기뻤는데.

그거야 보노보노도 좋은 애니까. 이 상담을 하면서 알게 된 건데 다들 좋은 사람들이야. 좋은 사람들만 고민을 해.

그런가. 왜 좋은 사람들만 고민할까?

그거야 좋은 사람이니까. '나는 좋은 사람이 아니었어' 아니면 '더 좋은 사람이 되어야 해' 하고 고민하잖아.

아, 그런가.

어쨌든 좋아하는 척을 하면 돼. 척하는 사이에 점점 좋아하는 척에 능숙해져서 스스로조차 진짜로 좋아하는 것처럼 느끼게 될 때가 올 테니까. 아하하하.

아하하하. 그럼 된 거네.

응응. 그걸로 된 거야.

그리고, 자기한테 없는 걸 갖고 있는 사람을 보면 부러워진대.

그건 당연한 거지.

맞아.

그런 생각 안 하는 사람은 없는걸. 안 그런 사람은 질투하거나 괜히 못되게 굴잖아. 못되게 굴지 않는 걸 보면 이 사람은 좋은 사람이야.

응응. 좋은 사람이니까 그렇게 괴로워하지 않으면 좋을 텐데.

보노보노도 '세상엔 그렇게 착한 사람만 있는 게 아냐'라고 생각한 적 없어?

있어 있어. 어렸을 때 있지. 같이 친하게 놀던 애가 내 조개를 먹어버렸어. 사과할 줄 알고 기다렸는데 그 애는 내 쪽을 힐끗 보더니 모르는 척하고 다시 놀더라고. 좀 충격받았어.

아, 그런 거 있지. 그때 보노보노는 화 안 냈어?

화 안 냈어.

왜?

싸우기 싫었으니까. 게다가 싸우지 않으려면 어떻게 말해야 되는 건지도 몰랐어.

그러게 말야. 아직 아이니까. 다들 그렇게 입을 닫아버리고 내가 참으면 된다고 여기지.

하지만 아무래도 그때 한마디 했어야 했다고 봐.

그래? 거봐. 역시 좋은 사람이라서 고민하는 거야. 걔는 아마 보노보노의 조개를 먹었다는 것조차 까먹었을걸.

그럴까?

그래.

만약 그 애가 내 조개를 먹었다는 걸 아직까지 기억한다면?

뭐? 왠지 철렁했어.

보노보노의 인생상담

아직 잊지 않았을지도 모르잖아.

그래도 옛날 일이잖아. 기억한다면 진즉 사과했겠지.

옛날 일이라서 사과 못 하는 걸지도 몰라.

으흠. 보노보노, 그 애 어디 사는지 알아?

응. 아는데.

그럼 잠깐 가보자.

뭐어?

[멧돼지 군네]

여기야?

응…….

뭐야. 멧돼지 군이 개였어?

응…….

멧돼지 군하고는 요즘도 가끔 놀잖아.

그래서 좀 그래. 포로리, 그냥 가자.

그렇구나…… 갈까?

옷. 뭐야. 보노보노랑 포로리 아냐. 우리 집에 온 거야?

아, 아니…….

뭐야. 아니야? 뭐, 상관없어. 뭘 좀 하면서 놀래?
보노보노는 어때?

아, 그래…….

뭐야. 여전히 흐리멍덩한 녀석이네.

멧돼지 군. 옛날에 보노보노랑 있었던 일 기억나?

포로리…….

응? 보노보노랑 있었던 일? 뭐야, 그게.

어렸을 때, 같이 놀았을 때 멧돼지 군이
보노보노의 조개 먹어버린 적 없어?

뭐? 조개?

응. 조개.

아. 기억하지.

뭐. 기억해?

응. 기억해. 하지만 넌 이미 잊어버린 줄 알고 말 안 했는데.

보노보노는 또렷이 기억하고 있어.

뭐, 그래? 내가 잘못했어. 미안해.

아, 응.

가끔 사과하려고 했는데 말야. 미안했어. 난 말야,
조개 같은 거 먹어본 적 없어서 네가 부러웠어.

뭐? 내가 부러웠다고?

응. 지금도 부러워. 조개가 엄청 맛있었거든.
그런 걸 만날 먹을 수 있다니 네가 너무 부러운 거야.

그랬구나. 보노보노가 부러웠던 거구나.

이제 됐어?

이제 됐느냐니?

그럼, 놀래?

아, 응.

좋아. 잠깐 기다려. 재미있는 놀이 생각해뒀으니까.

왠지 김이 빠지네.

응. 멧돼지 군, 조개 일 기억하고 있었네.

하지만 그렇게 신경 쓰는 것 같지 않네.

나만 신경 쓴 걸까.

좋은 애라서 그래. 좋은 애라서 고생하는 거야.
하지만 현실은 김빠지는 경우가 더 많지.
대부분 내가 생각했던 것만큼 대단한 일이 아니니까.

응. 그러네.

좋아! 그럼 이걸로 놀자.

응? 뭐야, 그 막대기는?

이걸 강물에 던지는 거야. 자, 가자구!

보노보노, 가자!

응.

다크서클이
안 없어져요.

○
○

초등학생 시절부터 다크서클이 안 없어집니다. 하루에 너댓 시간은 자
는데도 대학생이 된 지금까지 없어지질 않아요.

A n s w e r

너부리도 다크서클
엄청 심하잖아.

○
○

눈 밑에 다크서클이 안 없어진다는 얘기야?

그렇지.

내가 알기론 이거 안 없어질 것 같아.

뭐? 안 없어진다고?

응. 다들 몸 상태가 다르잖아. 그게 이 사람의 경우에는

진한 눈 밑 다크서클로 나타난 거라고 봐.

뭐? 하지만 이 사람은 하루에 너댓 시간밖에 안 잔대.
아직 젊은데.

자면 나아져?

푹 자면 낫는다는 말도 있잖아. 아니면 마사지를 받거나.

그렇구나. 그럼, 그걸 시도해보면 되겠네.

그래도 안 낫나?

그러니까 다들 어딘가 다른 법인데, 이 사람은 그게
눈 밑에 다크서클로 나타난 거라고 생각해.

그건 어쩔 수 없다는 말이야?

응. 코가 크다거나 눈이 작다거나 키가 큰 거랑 같은 거니까.
어쩔 수 없는 거 아냐?

하지만 '어쩔 수 없다'니. 불쌍하잖아.

그런가. 진심으로 다크서클을 없애고 싶다면 잘 자고
마사지를 받는다. 그리고 뭔가를 바르는 것도 좋을 거야.

발라서 감추라고?

응.

발라서 감추면 들켰을 때 왠지 창피하지 않아?

처음부터 '발라서 감춘다'고 말해놓으면 창피하지
않을 것 같아.

응? 말을 한다고? '나, 눈 밑에 다크서클이 있어서
발라서 감추고 있어'라고?

맞아 맞아. 말해버리면 들켜도 창피하지 않을 거 아냐.

하지만 말할 때 창피하겠지.

그러니까 처음에 창피해두면 더는 창피하지 않을 거라고
생각해.

나 오늘 보노보노가 무슨 말을 하는지 잘 모르겠어.

잘 모르겠다니. 너부리도 다크서클 엄청 심하잖아.

그건 다크서클이 아니라 생김새야!

그러니까, 이 사람도 다크서클이 아니라 생김새라고
생각하면 되는 거야.

'되는 거야'라니. 그렇게 생각할 수가 없어서 상담하러
온 건데.

으흠. 상담의 어려운 점은 아무리 말을 해도 이해해주지
않는다는 거야.

그건 그렇지만, 이해하게끔 말을 해줘야지.

하지만 이해하게끔 말하면 왠지 진심이 아닌 것 같지 않아?

아, 그렇긴 해도 딱히 진심을 말하지 않아도 되는 거 아냐?

그래? 으흠. 그런 건가.

뭔가 도움이 되거나 납득할 만한 이야기를 해주면
되는 거야.

포로리, 이제까지 그렇게 상담했어?

으흠. 아니. 성실하게 했지.

그렇지.

진심을 말하려고 했어.

나도.

하지만 이 상담은 눈 밑 다크서클이니까, 이런 데에 진심 같은 건 필요 없는 거 아닐까?

이건 눈 밑 다크서클이지만, 만약 다쳐서 생긴 상처라면 어떻게 말할 거야?

아, 상처말이군.

화상이라든가.

으흠. 그런 경우에는 조금 다르겠네.

어떻게 말할 건데?

글쎄. 가리고 싶으면 가리는 거고, 가리기 싫으면 안 가려도 되는 거 아닌가?

하지만 진심은?

진심도 그거야. 가릴지 안 가릴지는 자기가 정하면 되는 거고.

난 말야. 있는 그대로가 좋다고 생각해.

왜?

친구가 될 것 같은 사람하고 안 될 것 같은 사람을 금방 알 수 있으니까.

아. 애초부터 자신을 감추는 거니까. 그건 그런데.

응. 그리고 가리는 게 적으면 적을수록 사는 데 편하고 좋잖아.

응응. 그건 알겠는데…….

아냐?

하지만 말야. 그건 보노보노한테 상처 같은 게 없어서 그렇게 말할 수 있는 거 아냐? 상처가 있는 사람한테는 보노보노가 모르는 게 많을 거야.

그렇구나. 하지만 나도 감췄던 게 있어.

뭔데?

난 항상 조개를 들고 다니잖아. 하지만 다들 비웃고 바보 취급하길래 조개를 겨드랑이 밑에 숨기고 다녔어.

아, 그런 적 있었지.

그랬더니 다들 '왜 조개 안 들고 다녀?' '조개 들고 다니는 것 좀 보여줘' 하면서 또 놀리길래 조개를 보여줬더니 또 '아, 그거 말야, 그거!'라면서 또 킬킬거리는 거야.

응응.

그래서 나, 어차피 비웃음 당할 거 뭔 상관인가 싶어서 다시 조개를 들고 다니게 됐어.

아. 지금은 아무도 놀리지 않지. 조개를 가지고 다녀야 보노보노인 게 됐으니까.

응응. 결국 곧 익숙해져. 나도 다른 사람들도 말야. 포로리도 누나들이 호두 들고 다닌다고 뭐라고 한 적 있었지?

맞아 맞아. 더 이상 애도 아닌데 호두 좀 그만 들고 다니라고 했었어.

하지만 계속 들고 다녔지.

응.

왜?

화나서.

아하하하. 화가 났구나.

응. 엄청 화났어. '남 일에 이래라저래라 참견하지 마'라고 생각했어. 하지만 왠지 요즘은 호두 들고 다니는 게 귀찮아져서 조만간 관둘지도 몰라.

뭐. 포로리가 호두를 안 들고 다닌다고? 그럼 다들 놀랄 것 같은데.

그래? 놀라게 만드는 것도 귀찮으니까 그냥 들고 다닐지도 모르겠네.

그러고 보니, 너부리도 뭔가 들고 다닐 때가 있지.

아, 나무 막대기.

왜 이제 안 들고 다닐까?

무거워서 안 드는 거야.

아, 그렇구나. 각자 여러 가지 이유가 있네.

그렇지? 각자 이래저래 달라. 그러니까 상처 같은 거 숨기지 않아도 된다고 딱 잘라 말할 수 없는 거야.

으흠. 그렇네. 이런 상담 어려워.

그래서 결국, 이 사람은 어떻게 하면 돼?

그러니까 다들 어딘가 다른데 이 사람은 그게 눈 밑에 다크서클인 거니까 신경 써봤자 소용없다고 봐.

아하하하하하하. 또 그 말을 하네. 보노보노는 대단해.

291

걱정이 많은
성격입니다.

○
○

저는 워낙 걱정이 많아서 이것저것 몇 번씩 확인하는 통에 늘 남들보다
늦어서 민폐를 끼쳐요. 스스로에게 자신감이 생겼으면 좋겠네요.
어떻게 하면 좋을까요?

Answer

그야 다들 그렇게
생각해.

○
○

(◕) 걱정 많은 성격이라면, 다들 그렇지.

(◕) 다들 걱정하니까. 특히 잘될지 어떨지 불안한 일을 하기
전이라면 더더욱 그렇고.

(◕) 나 말야. 전에 작은 벼랑을 뿅 건너려고 했는데 엄청
걱정돼서 잘 걸을 수가 없었어. 평소에는 아무렇지 않게
건넜는데.

아, 그럴 때 있지. 위험한 곳이라면 그럴 수 있어.
하지만 이 사람의 경우는 외출하기 전에
뭔가 도둑맞지는 않을까, 불이 나지는 않을까,
잊어버린 물건은 없을까 걱정하는 걸 거야.

다들 그렇지. 그럼 걱정하느라 집으로 다시 돌아가지 말고
그대로 외출하면 되는 거 아냐? 집에 돌아와 보면
아무 일도 없곤 하거든. 그걸로 조금 자신감이 생기지
않으려나.

으흠. 그게 가능하면 좋겠는데, 걱정 많은 사람한테
별일 없을 테니 그냥 외출하라고 말한다 해도
무리일지 몰라.

무리야?

걱정이 많은 사람은 걱정한테 지는 거야. 걱정을
이기겠다는 마음을 계속 유지하지 못해서
걱정에 푹 빠지고 마는 것처럼.

어째서?

걱정하고 싸우는 것보다 걱정하고 사이좋게 지내는 게
편하기 때문이지.

그럼, 어떻게 하면 돼?

글쎄. 걱정 많은 성격은 어쩔 수 없으니까,
걱정할 수 있는 만큼 해보는 건 어때?
몇 번씩 똑같은 과정을 반복하는 자신한테 지쳐버리면,
더는 이러지 말자고 생각할지도 모르고.
스스로 '더는 이러지 말자'고 생각하지 않으면
앞으로 나아갈 수 없다고 봐.

앞으로 나아가다니?

🐺 스스로 '어떻게든 해보자'고 생각하기 시작하는 거지.

🐶 아아. 하지만 어떻게 하면 되는데?

🐺 있지. 포로리가 화나서 못 참을 것 같을 때 쓰는 방법이
있어.

🐶 어떤 건데?

🐺 엄청 화가 났을 때, '엄청 화나네!'라고 자기 자신한테
말하는 거야. 소리는 안 내도 돼. 마음속으로 말하면 돼.

🐶 스스로한테 말하는 거야?

🐺 응. 그런 다음 화나게 만든 상대방이 떠오르면
'아, 떠오른다'라고 말하는 거야. 더 화가 나면
'열받기 시작한다', 잠깐 밖을 쳐다보거나 하면
'밖을 보고 있다', 밖에 새가 날고 있으면 '새가 날고 있다',
여전히 콧김을 씩씩대면 '콧김이 거칠다',
바람이 불어오면 '바람이 불어온다' 하고 말하는 거야.
나에게 벌어지는 일을 다 말로 하는 거야.

🐶 그러면 어떻게 돼?

🐺 얼마 안 있어 진정돼.

🐶 우와, 대단하네. 왠지 재미있다.

🐺 응 응. 스스로 자기에 대해 이야기해보면
또 하나의 냉정한 자신이 나타나는 거야.

🐶 그렇구나. 다음에 나도 해봐야지.

🦝 응? 뭐야. 이런 데서 뭐 하는 거야.

🐶 아, 너부리구나.

🦝 또 그 상담하는 거야? 적당히 해.

너부리. 이 사람 걱정이 많대. 어떻게 하면 좋을까?

알 바 아냐. 니들이 생각해.

별게 다 걱정돼서 몇 번씩 확인하느라 만날 늦어서 다른 사람들한테 민폐를 끼친대.

그건 너잖아.

그러고 보니, 보노보노 얘기네.

아, 그런가. 아하하하하.

아하하 같은 소리 하네!

나, 민폐인가?

당연히 민폐지.

그렇구나. 미안.

그리고 스스로 더욱 자신감이 생겼으면 좋겠다고 써 있어.

나도 더 자신감을 갖고 싶어.

자신감 가져서 뭐 하게.

으흠. 자신감을 갖고 여러 가지를 거둬들여보고 싶어.

거둬들이긴 뭘 거둬들여! 너 말고 다른 사람은 다 자신만만해 보이나보지?

그렇게 생각하진 않는데, 다른 사람들만큼만 되면 좋겠다고는 생각해.

그야 다들 그렇게 생각해.

그래? 너부리도 그래? 다른 사람들만큼만 되면 좋겠다고 생각해? 예를 들면?

시끄러. 이놈아.

예를 들어봐.

시끄럽다고!! 음, 난 말야. 짜증 나면 금방 누굴 때리는 걸
그만두고 싶어…….

아아, 확실히 그건 관둬야겠지.

거 시끄럽네. 짜증 나게 하면 손이 먼저 나간다구.

그렇구나.

응. 하지만 보통 사람처럼 별로 짜증을 안 내게 되면 좋겠어.
그러니까 말야, 결국 평균적인 이미지라는 게 가장 문제인
거 아냐?

평균적인 이미지?

응. 평범한 사람이라면 되는지 안 되는지 하는 것들.

아, 그러게. 되는 게 평균이 되어버리지. 안 되는 사람은
문제라는 식으로.

그래. 그런 게 뭐 대수라고. 왜 그렇게 남한테 신경 쓰면서
살아야 되냐구.

그러게. 그럼 이 사람은 걱정 많은 성격을 안 고쳐도 돼?

못 고친다면 어쩔 수 없어.

조만간 고쳐질지도 몰라.

응. '조만간 고쳐질지도 몰라' 정도로 여기면 어때?
그거보다 말야. 걱정 많은 성격에다 굼뜬 녀석이라도
만나주는 녀석을 찾는 게 더 나아.

아, 그건 그렇지만 그런 사람을 어떻게 찾아?

그거야 걱정 많고 굼뜬 상태로 있지 않으면 찾을 수가 없지.

그렇구나. 감추면 안 되는구나.

하지만 그래도 친구가 돼줄까?

야. 걱정 많고 굼뜨다고 친구가 돼주는 게 아니지.
걱정 많고 굼떠도 알고 보면 좋은 녀석이라거나,
걱정 많고 굼떠도 귀엽다거나, 걱정 많고 굼떠도
실제로는 친절하다거나…… 사람은 그런 식으로
누군가를 좋아하게 되는 거야.

아, 덧셈 뺄셈을 해서 남는 게 있으면 친구가 되는 거구나.

되면 좋겠지만.

되게 돼 있어. 날 봐. 아까 말했지만
누굴 때리고 다닌다고 친구가 없는 건 아니잖아.

친구라면 오소리 말하는 거야?

오소리도 그렇지만.

또…….

나랑 포로리도 친구잖아.

아! 그런가. 그랬지!

눈치 좀 빨리 채라! (퍼억!)

너부리, 때리면 안 돼.

기분의 문제

〈보노코레〉 2권 43쪽에서

진정한 '나'란
무엇인가요?

○
○

진정한 '나'를 발견하고 인정하는 건, 왜 어려운 거죠?

고집스럽게라도 인정하지 않으면
진정한 내가 불쌍하잖아.

○
○

'진정한 나'가 있는 걸까?

포로리가 확실히 말하겠는데, 그런 건 없다고 생각해.

없어?

내 생각엔 누군가한테 속고 있는 거야.

뭐? 누구?

그런 걸 가르쳐주고 싶어 하는 사람한테.

그럼 진정한 자신이란 없는 거네?

없어. 왜냐하면 이 사람도 진정한 자신 같은 거
못 찾았다고 봐. 그런 건 애초부터 없었던 거니까
발견될 리가 없지. 찾을 수도 없는데 어떻게 인정을 하겠어.

나도 진정한 내가 뭔지 잘 모르겠어. 아침에 일어나면
그날그날 다르거든.

보노보노가 말하는 건 진짜 내가 아니라 기분 아냐?

진짜 기분?

아니. 기분에는 진짜도 가짜도 없어. 자기 기분은 누구나
알 거라고 생각하는데.

하지만 만약 진짜로 진정한 자기가 있다면 그건
어떤 자기일까?

으흠. 뭘 좋아하고 뭘 싫어하는지를 말하는 거랄까?

바다를 좋아하고 싸움을 싫어한다는 식으로?

맞아 맞아. 나무 열매를 좋아하고 벌레는 엄청
싫어한다거나.

응응. 나를 조금은 알 것 같네.

그래? 그런 건 원래 전부터 죽 알고 있었잖아!

응. 그렇긴 한데, 새삼스레 이야기해보니까 왠지 알 것
같아서. 색깔은 파란색을 좋아하고 뛰는 걸 잘 못 한다거나.

포로리는 색깔은 초록색이 좋고 혼자 있는 걸 좋아해.

응응. 왠지 알 것 같네. 아빠는 있지만 엄마는 없다거나.

아빠도 엄마도 다 있지만 누나들은 다 싫어한다거나.

머리랑 엉덩이에 상처가 있다거나.

감기에 잘 걸리고 오른쪽 손목이 종종 아프다거나.

있지, 왠지 자기에 대해서 조금 알 것 같지 않아?

아니. 안 그런데.

아, 그래…….

그건 단지 나의 특징 아냐?

진정한 나의 특징하고는 다른 거야?

그야 다르지.

그럼 '진정한 나'란 뭐가 되고 싶은지를 말하는 거 아닐까?

그건 진정한 내가 아니라 내가 뭐가 되고 싶은 거겠지.

포로리는 뭐가 되고 싶어?

딱히 되고 싶은 건 없어.

난 상어가 되고 싶었어. 아니면 고래나.

보노보노라면 고래 쪽이 어울리지 않나?

그렇구나. 나는 고래 쪽인가보네. 또 나에 대해서 조금 알게 됐어.

아니. 그러니까 그런 건 '진정한 나'가 아니라 특징이라고.

진정한 특징?

왜 사사건건 '진정한'을 붙이는 거야. 됐다고.
진정한 자신 따위.

하지만 말야. 이 사람, 헤매고 싶지 않은 거라고 생각해.

헤매고 싶지 않다고?

응. 살다보면 '어떡하지?' 하면서 이래저래 망설이게
될 때가 있잖아.

하아 하아.

그럴 때 진정한 나를 알게 되면 헤매지 않을 거 아냐?

예를 들면 도리에 어긋나는 걸 싫어하는 자신이 있어서,
너부리가 어린애들 먹을 걸 뺏어 먹었을 때 너부리한테
한마디 한다거나, 보고도 못 본 척한다거나, 대신 그 애한테
먹을 걸 준다거나 하는 거 말야?

응응. 도리에 어긋나는 게 싫은 자신이라면 너부리한테
한마디 하겠지.

그럴지 몰라도, 그건 진정한 자신과는 상관없는 거 아닌가?

그럼 뭐랑 상관있는데?

그거야말로 그때의 기분 아닌가. 그때 기분에 따라
너부리한테 한마디 하는 대신 그 애한테 먹는 걸
줄지도 모르고.

그럼 되는 거야? 도리에 어긋나는 게 싫은 거 아냐?

도리에 어긋나는 게 싫은 자신이 너부리한테 한마디 하는
대신 그 애한테 먹을 걸 준다고 자기혐오에 빠질까?

맞아 맞아. 자기염애.

자기혐오야. 자기염애처럼 말하지 마. 도리에 어긋나는 게
싫다는 이유로 그런 행동을 못 하는 게 대단한 거야?

대단하지 않아?

포로리는 대단하다고 생각 안 하는데.

그럼 포로리는 어떤 게 대단하다고 생각해?

딱히 대단하지 않아도 돼. 그때그때 가장 좋은 방법을 취하면 돼.

올바르지 않아도 괜찮아?

그야 도리에 어긋나는 게 싫은 사람이라면 올바르지 않은 게 싫을지는 몰라도, 늘 올바른 행동만 할 수는 없어.

그렇구나. 다들 올바른 행동만 하지는 못하는구나.

그렇지. 올바르지 못했다며 후회하거나, 떠올리느라 평생 못 잊는 경우도 있지 않을까?

응응. 그렇지. 많이 있지. 엄청 좋은 일을 했다고 생각했는데 나중에 후회하는 경우도 있고.

응. 포로리도 더 친절했어야 했는데 전혀 못 그런 적이 있어. 하지만 다들 그렇잖아.

응. 나도 할 말을 못 한 적도 참 많아.

실은 좋아하면서도 좋아한다고 말 못 한 적도 있고.

계속 가고 싶었던 데가 있는데 용기가 없어서 지금까지 못 가기도 하고.

그러게. 되고 싶은 게 있었는데 되지 못했다거나.

뭐? 포로리. 아까 되고 싶은 것 따위 없다고 하지 않았어?

사실은 있었어.

뭐가 되고 싶었는데?

사실은 엄청 즐거운 가족이 되고 싶었어.

지금 아빠랑 누나랑은 즐겁지 않아?

왠지 포로리가 잘 못 한 것 같아. 포로리만 잘했으면 더 즐겁고 행복한 가족이 되지 않았을까 싶어.

그런 게 아니지 않을까. 왜냐하면 포로리는 열심히 아빠랑 엄마를 돌봐드리고 있잖아.

앗.

왜 그래?

이거네. 진정한 나라는 게.

뭐?

지금까지 살아온 모습. 그게 진정한 나 아닐까?

아, 그런가. 지금까지의 내가 진정한 나구나.

맞아. 그러니까 분명 그걸 인정하는 게 어려운 거야.

잘 풀리지 않았고.

후회도 됐고.

멋지지도 않았고.

아하하하.

그러네. 인정하는 건 어렵지.

하지만 인정할 수밖에 없잖아.

응. 왜냐하면 그게 진정한 나인걸.

그렇지. 고집스럽게라도 인정하지 않으면 진정한 내가 불쌍해.

응응. 나랑 포로리만큼은 진정한 나를 인정하자.

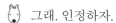 그래. 인정하자.

 인정할 거야!!

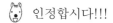 인정합시다!!!

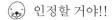 좋아. 그럼 놀러 갈까?

 응.

　세상이 온통 인생상담이나 잘 사는 법, 자기계발서로 넘쳐납니다. 그런 책이 왜 그리 넘쳐나게 되었느냐 하면 팔리기 때문이겠지요. 왜 그렇게 팔리느냐 하면 다들 고민을 안고 있기 때문일 겁니다. 다들 그렇게 고민을 갖고 있다면 나도 한번 그 고민에 대답해보자는 생각에 이 책을 쓰게 되었습니다. 어쩌면 팔릴지도 모르니까요.

　말은 그렇게 해도 그건 두 번째 동기고, 첫 번째 동기는 만화 〈보노보노〉의 37권째 단행본에서 만화가 다카기 나오코 씨가 써준

'언젠가 어른이 된 보노보노랑 술 한잔 마시고 싶어요'라는 추천 글 때문이었습니다. '그래, 다들 보노보노와 친구들하고 이야기해 보고 싶어 할지도 모르겠네'라고 생각은 했지만, 실은 작가인 저조차 그런 소망을 가진 적이 있습니다. 〈보노보노〉 속 캐릭터들에게 물어보고 싶은 것들이 있었거든요. 제 질문에 대답해줬으면 했고요.

하지만 이건 만화가의 두 번째 법칙인 '만화가는 절대 자기 만화의 독자가 될 수 없다' 같은 거라서 영 힘들어 보였습니다. 참고로 만화가의 첫 번째 법칙이 무엇이냐 하면, '인기 있는 만화가는 반드시 인기가 떨어진다'인 모양입니다.

그래서 일단 독자분들의 고민을 모았습니다. 진지한 내용도 있었고, 장난스러운 것도 있었고, 진심인지 아닌지 의심스러운 것, 그저 웃기고 싶은 마음에 보낸 사연들도 있었습니다. 그런데 모순 같지만 다들 비슷한 것에 대해 고민하고 있더군요.

한마디로 말하자면 다들 자신감이 없다는 느낌이었습니다. 그렇다면 자신감을 갖고 사는 사람은 고민하지 않느냐고 할 때 딱히 그렇지도 않아요. 고민은 하지만 '조만간 어떻게든 되겠지'라고 여기는 것이지요. 대부분의 일들이 조만간 어떻게든 된다고 생각하는 사람은 스스로에게 자신이 있어 보입니다. 진짜예요. 대부분의 일은 조만간 어떻게 되게 되어 있거든요.

돈 문제로 가정이 풍비박산된 사람이 1년 정도 지나 역 앞에 새로 생긴 라멘 집에 쓰윽 들어갑니다. 그러고는 그 집 라멘이 너무 맛있어서 깜짝 놀라죠. 그런 다음 '좋아! 또 와야겠네!' 하고 생각해요. 바로 이런 게 어떻게든 된 경우가 아닐까요.

가족을 암으로 잃고는 2년 정도 지나 동창회에 참석하라는 공지를 받게 된 사람이 있습니다. 아무 기대 없이 참석했더니 비슷한 처지인 동창생이 있어서 함께 눈물을 흘리며 줄곧 이야기를 나누게 되지요. 바로 이런 게 어떻게든 된 경우가 아닐까 싶습니다.

'아직도 집안이 풍비박산인 건 똑같잖아'라거나 '가족을 잃은 게 바뀌진 않잖아'라고 생각할지는 몰라도 그런 건 원래대로 되돌릴 수 없습니다. 어제 먹은 저녁밥도, 슈퍼마켓에서 너무 많이 사버린 달걀도 원래대로 되돌릴 수 없기는 마찬가지입니다. 이 세상은 원래대로 되돌릴 수 없는 것들뿐이지요.

저는 인생은 자잘할 수밖에 없는 것이라고 생각합니다. 인생은 '돈이 없어서 가족이 풍비박산된 인생'에 있는 게 아니라, 맛있는 라멘 안에 있습니다. 인생은 '가족을 암으로 잃게 된 인생'이 아니라 '동창회에 갔더니 즐거웠다'라는 자잘함에 있습니다.

그런 거 순 억지라고 말하신다면 물론 순 억지지요. 인생상담 따위, 다들 순 억지스러운 말만 하잖아요. 조금 다른 억지라면 그걸로 충분한 거죠. 여러분도 조금 다른 억지를 듣고 싶으시겠지만, 인생상담이나 잘 사는 법, 자기계발서 같은 걸 사서 봐도 다 뻔한 소리를 하고 있다고 느끼실 겁니다. 그런 걸로 사라질 불안이라면 그 정도의 불안감을 안고 사는 게 더 강해지는 일이겠지요. 그런 것들에 의지하기보다 라멘을 먹고, 친구와 만나는 게 훨씬 더 나은 일이라고 생각합니다.

저는 더 이상 책도 잘 안 팔리는 환갑에 가까운 만화가지만, 오늘 집에 돌아가면 녹화해둔 축구 경기가 저를 기다리고 있습니다. 그걸로 오늘 하루를 살 수 있을 것 같습니다. 인생이란 참으로 자잘할 수밖에 없답니다.

마지막으로, 저도 보노보노와 친구들에게 물어보고 싶은 게 있어요. 그 질문으로 마무리를 할까 합니다.

연재를 시작한 지 30년이 되었는데
다들 계속하고 싶나요?

저는 〈보노보노〉를 그리는 만화가입니다. 〈보노보노〉를 연재한 지 벌
써 30년이 되어갑니다. 스스로조차 용케도 그려왔구나 싶은데요.
여러분들은 어떤가요?
더 하고 싶나요? 아니면 이제 그만하고 싶나요?

Answer

이 아저씨, 자기 혼자 자기가 그렸다고
말하는 거잖아.

 〈보노보노〉를 그린 사람이라니?

우리가 그림이야?

이 아저씨, 자기 혼자 자기가 그렸다고 말하는 거잖아.

여전히 계속하고 싶으냐니, 무슨 말일까?

이 사람이 그만 그리면 우리는 어떻게 되는 거지?

우리 죽는 거야?

죽으면 어떻게 되는데?

사라지는 걸까?

어딘가로 가버리는 걸까?

그거야 진짜 죽는 거랑 똑같겠지. 죽은 다음에 어떻게 되는지는 아무도 몰라.

아, 그렇구나. 너부리 머리 좋다.

당연하지.

그렇구나. 그럼 걱정해도 소용없을지 몰라.

그럼? 관둬도 되는 거야? 계속했으면 좋겠어?

나는 계속했으면 좋겠어.

포로리도.

이제 곧 30년이 된다잖아. 이 녀석 어차피 그때까지 계속할 거야.

아, 그렇구나. 너부리는 역시 머리가 좋구나.

당연한 거라구.

아하하하하.

뭐가 웃겨!! (퍼억!)

『보노보노의 인생상담』이 주는 행복감

　〈보노보노〉가 탄생한 건 1986년. 단행본은 지금까지 39권이 나왔습니다(*2017년 10월 기준으로 단행본은 42권까지 출간되었다). 단행본 1권의 표지를 넘겨 보면 두 페이지에 걸쳐 보노보노가 사는 세상의 풍경이 실려 있습니다. 보노보노 부자가 사는 작은 바위터와 친구들이 사는 작은 숲도 보이고요. 저 멀리 펼쳐져 있는 바다에는 상어와 바다사자 같은 천적도 살고 있어서 실제로 보노보노의 행동반경은 무척 좁다는 사실에 놀라게 됩니다. 보노보노가 그렇게 거대한 세상에 살고 있다고 느낀 까닭은 무엇일까요.

어느 날 보노보노와 포로리와 너부리가 '다들 왜 재미없는 이야기를 할까'에 대해 생각할 때 보노보노는 그에 대한 해답을 발견합니다.

'누군가와 이야기하는 것은 경치를 보면서 걷는 거랑 비슷해.'

과연 그렇구나, 싶었습니다. 상대의 말에 귀 기울이는 것은 내가 아닌 다른 것에 눈을 돌리는 것. 경치를 보면서 걷는 것과 닮았으니까요.

보노보노는 우리가 의식하지 못했던 것 혹은 말로 잘 표현할 수 없어 답답했던 감정을 산뜻하고 부드러운 말투로 가르쳐줍니다. 그런 말들을 만날 때마다 현실의 세상에서 숨통이 스윽 트이는 것같이 편안해지곤 했습니다.

보노보노의 생각은 상상할 수 없을 정도로 깊습니다. 그래서 보노보노가 사는 세상이 무척 넓게 느껴졌던 건지도 모르겠습니다.

-

만화 속에 살던 보노보노와 포로리가 우리가 사는 세상으로 다가와 인생상담을 해주다니 이 얼마나 대단한 일인지요. 보노보노와 친구들과 직접 대화할 수 있다니, 긴 세월이 흘러서야 비로소 허락된 선물을 받은 느낌입니다.

인생의 기로에 선 성인들이 보낸 질문은 하나같이 다 절실합니다.

결혼하는 게 좋을지, 꿈은 어떻게 찾을 수 있는지, 어떻게 하면 긍정적인 생각을 할 수 있는지.

보노보노와 친구들은 "누군가와 이야기하는 것은 경치를 보며 걷는 거랑 비슷해"라고 이야기하듯 줄곧 내담자의 말에 귀를 귀울입니다.

보노보노는 연애상담에 대해서도 진지하게 임합니다.

"자기만 좋다면, 사랑하는 건 자유라고 생각해."

아직 아이인데도, 사랑에 괴로워하는 어른들이 안심할 수 있는 말을 당당하게 건네곤 합니다.

게다가 돈이 더 필요하거나, 많았으면 좋겠다는 사람들에 대해서는 "쓸데없이 고생하네"라고 말하지요.

포로리가 지적한 것처럼 보노보노의 해답은 대체로 명쾌합니다. 하지만 마치 신의 계시처럼 진리를 추구하는 경우가 많습니다.

반면 고뇌가 깊은 포로리는 "힘내라는 말에 상처받는 사람도 있어"라며 약자의 편에 서거나, "병간호를 하고 나니 더는 세상에서 무서울 게 없어졌어"라며 똑 부러지게 말하는 등 만화 연재 초기에 "때릴 거야?"라며 고개를 갸웃거리던 모습은 더는 없습니다. 포로리 나름의 인생 경험을 통해 얻은 씩씩함을 엿볼 수 있었습니다.

그렇게나 다른 보노보노와 포로리지만 상담에 임하는 자세는 같습니다.

보노보노와 친구들은 인생상담의 상담자가 되었어도 만화 속 세상에서 그랬던 것처럼 흥분하는 법이 없습니다. 상담을 하며 그저 자신들의 생각을 되돌아볼 뿐입니다.

그들처럼 욕심 부리지 않고 살다보면 반드시 슬픔과 타협할 수 있는 때가 다가올 것만 같습니다.

-

인생이 두 번 있다면 다른 삶을 살아보고 싶다는 고민에 대해서 보노보노는 '하지만 나는 다시 태어나더라도 똑같은 사람들이 나타나는 인생이었으면 좋겠어'라고 말합니다. 그 말에 포로리가 "보노보노는 정말 행복했구나"라며 감동합니다.

그러자 보노보노는 말합니다.

"응. 행복했던 것 같아."

분명 보노보노는 그 말과 함께 자신이 행복했다는 사실을 다시 깨달았겠지요. 그 말을 통해 보노보노가 품은 반짝임이 따뜻하게 전해져왔거든요.

원래 인생상담이란 짠하거나 구차하거나 노골적이기 마련입니다. 하지만 보노보노와 친구들이 하는 상담은 행복에 겨운 말들이 속속 등장합니다.

그 덕분에 『보노보노의 인생상담』은 이제껏 없었던, 터무니없이 행복이 넘쳐흐르는 인생상담 책이 되었습니다.

마지막 인생상담은 자아 찾기입니다. 인생상담의 단골손님이기도 한 '진정한 나란 무엇인가'. 자아를 찾기 위해 우리는 여행을 떠나거나 기회를 엿보는 등 꽤나 부지런히도 살아가지요.

이 문제에 대해 이렇게도 명쾌한 해답을 내려준 것은 보노보노와 친구들이 처음 아닐까요.

"이제껏 살아온 모습이 바로 진정한 자신이야"라고요. 아직 보지 못한 내 모습 같은 건 없다는 이야기겠지요.

포로리는 말합니다.

"고집스럽게라도 인정하지 않으면, 진정한 내가 불쌍하잖아."

보노보노와 친구들은 단행본 39권에 걸쳐 살아왔습니다. 결국 그것이 '진정한 보노보노와 친구들'의 모습일 테지요.

이 책을 다 읽을 때 즈음, 보노보노와 친구들, 그리고 그들이 사는 곳의 풍경을 바라보면서 마치 지구를 몇 번씩이나 오간 것 같은 기분에 사로잡혔습니다.

『보노보노의 인생상담』에는 진정한 보노보노와 친구들이 살아 숨 쉽니다. 그리고 괴로운 생각만 하는 우리들에게 이런 인생도 나쁘지 않다는 것을 가르쳐줍니다.

마츠이 유키코

마츠이 유키코(작가, 만화가)

도쿄 무사시노 출생. 대학교 시절, 〈ASUKA〉라는 작품으로 만화가로 데뷔했다. 만화 작품으로는 〈여자의 포코퐁〉, 〈절망 햄버그 공장〉 등이 있다. 2001년에 『군조』로 소설가로 데뷔해 아쿠타가와상을 4번 수상했다. 소설 작품으로는 『자수 천국』, 『흔들리는 사람』 등이 있다. 에세이 만화를 통해 반려견과의 생활을 그린 『행복한 푸들들』, 산에서의 생활을 그린 『지루한 산속 생활』이 있다. 요즘은 매일 근처에 있는 숲을 거닐면서 보노보노와 포로리를 발견하며 살고 있다.

보노보노의 인생상담

초판 1쇄 발행 2018년 3월 20일
초판 7쇄 발행 2022년 7월 15일

지은이 이가라시 미키오
옮긴이 김신회
펴낸이 김선식

경영총괄 김은영
콘텐츠사업3팀장 이승환   **콘텐츠사업3팀** 김은하, 김한솔, 김정택, 권예진
편집관리팀 조세현, 백설희   **저작권팀** 한승빈, 김재원, 이슬
마케팅본부장 권장규   **마케팅팀** 최혜령, 오서영
미디어홍보본부 정명찬, 김은지, 이소영   **홍보팀** 안지혜, 김민정, 오수미, 송현석
뉴미디어팀 허지호, 박지수, 임유나, 송희진, 홍수경
재무관리팀 하미선, 윤이경, 김재경, 오지영, 안혜선
인사총무팀 김혜진, 황호준
제작관리팀 박상민, 최완규, 이지우, 김소영, 김진경, 양지환
물류관리팀 김형기, 김선진, 한유현, 민주홍, 전태환, 전태연, 양문현

펴낸곳 다산북스   **출판등록** 2005년 12월 23일 제313-2005-00277호
주소 경기도 파주시 회동길 490
전화 02-704-1724   **팩스** 02-703-2219   **이메일** dasanbooks@dasanbooks.com
홈페이지 dasan.group   **블로그** blog.naver.com/dasan_books
종이 한솔피엔에스   **출력·인쇄** 갑우문화사
ISBN 979-11-306-1626-1 (03810)

다산북스(DASANBOOKS)는 독자 여러분의 책에 관한 아이디어와 원고 투고를 기쁜 마음으로 기다리고 있습니다.
책 출간을 원하는 아이디어가 있으신 분은 이메일 dasanbooks@dasanbooks.com 또는 다산북스 홈페이지
'투고 원고'란으로 간단한 개요와 취지, 연락처 등을 보내 주세요. 머뭇거리지 말고 문을 두드리세요.